Rinha de galos

Rinha de galos

María Fernanda Ampuero

Tradução de
Silvia Massimini Felix

© Moinhos, 2020.
Pelea de gallos – © 2018 by María Fernanda Ampuero

Edição Camila Araujo & Nathan Matos
Assistente Editorial Karol Guerra
Revisão Ana Kércia Falconeri Felipe
Diagramação Nathan Matos
Projeto Gráfico Luís Otávio
Capa Sérgio Ricardo
Ilustração da Capa Rosario Villajos
Tradução Silvia Massimini Felix

Dados Internacionais de Catalogação na Publicação (CIP) de acordo com ISBD

A527r
Ampuero, María Fernanda
  Rinha de galos / María Fernanda Ampuero ; traduzido por Silvia Massimini Felix.
  Belo Horizonte, MG : Moinhos, 2021.
  112 p. ; 14cm x 21cm.
  Tradução de: Pelea de gallos
  Inclui índice.
  ISBN: 978-65-5681-042-3
  1. Literatura equatoriana. 2. Contos. 3. Família. 4. Mulher. 5. Violência. I. Felix, Silvia Massimini. II. Título.
2021-6
CDD 868.9936
CDU 821.134.2(866)

Elaborado por Vagner Rodolfo da Silva - CRB-8/9410

Índice para catálogo sistemático:
1. Literatura equatoriana 868.9936
2. Literatura equatoriana 821.134.2(866)

Todos os direitos desta edição reservados à Editora Moinhos
www.editoramoinhos.com.br
contato@editoramoinhos.com.br
Facebook.com/EditoraMoinhos
Twitter.com/EditoraMoinhos
Instagram.com/EditoraMoinhos

SUMÁRIO

9 Leilão

17 Monstros

23 Griselda

29 Nam

39 Crias

49 Persianas

57 Cristo

61 Paixão

67 Luto

77 Ali

89 Coro

99 Cloro

105 Outra

Tudo que apodrece forma uma família.
FABIÁN CASAS

Sou um monstro ou isso é ser uma pessoa?
CLARICE LISPECTOR

LEILÃO

Em algum lugar perto daqui há galos.

De joelhos, com a cabeça baixa e coberta com um trapo imundo, concentro-me em escutar os galos, quantos são, se estão numa gaiola ou no galinheiro. Meu pai criava galos de briga e, como não tinha com quem me deixar, me levava às rinhas. Das primeiras vezes, eu chorava ao ver o galinho desnorteado na arena, e ele ria e me chamava de *mulherzinha*.

À noite, galos gigantes, vampiros, devoravam minhas tripas, eu gritava, e ele vinha à minha cama e voltava a me chamar de *mulherzinha*.

— Vamos lá, não seja tão mulherzinha. São galos, caralho.

Depois eu já não chorava ao ver as tripas quentes do galo perdedor se misturando ao pó. Era eu quem recolhia aquela bola de penas e vísceras e a levava à lata de lixo. Eu lhes dizia: adeus, galinho, seja feliz no céu onde há milhares de minhocas e campo e milho e famílias que amam os galinhos. No caminho, algum criador de galo sempre me dava uma bala ou uma moeda para que eu o deixasse me tocar ou beijar, ou que eu o tocasse e beijasse. Eu tinha medo de que, se dissesse isso ao meu pai, ele voltasse a me chamar de *mulherzinha*.

— Vamos lá, não seja tão mulherzinha. São criadores, caralho.

Certa noite, a barriga de um galo estourou enquanto eu o carregava nos braços como se fosse uma boneca, e descobri que aqueles homens tão machos que gritavam e atiçavam para que um galo rasgasse o outro de cima a baixo tinham nojo da merda, do sangue e das vísceras do galo morto. Assim, eu passava essa mistura nas mãos, nos joelhos e no rosto, e eles pararam de me importunar com beijos e outras idiotices.

Diziam ao meu pai:

— Sua filha é um monstro.

E ele respondia que mais monstros eram eles, e depois brindavam tilintando seus copinhos de bebida.

— Mais monstro é você. Saúde.

O cheiro dentro de um rinhadeiro é asqueroso. Às vezes, eu acabava adormecendo num canto, sob as arquibancadas, e despertava com algum daqueles homens olhando para minha calcinha sob o uniforme do colégio. Por isso, antes de adormecer, eu enfiava a cabeça de um galo entre as pernas. Uma ou muitas. Um cinto de cabeças de galinhos. Levantar uma saia e encontrar cabecinhas arrancadas também não agradava aos machos.

Às vezes, meu pai me acordava para que eu limpasse a sujeira de outro galo destripado. Às vezes, ele mesmo ia e os amigos lhe perguntavam para que merda servia a menina, se ele era um veadinho. Ele ia embora com o galo desventrado jorrando sangue. Da porta, soprava-lhes um beijo. Os amigos riam.

Sei que em algum lugar perto daqui há galos, pois eu reconheceria esse cheiro a milhares de quilômetros. O cheiro de minha vida, o cheiro de meu pai. Cheira a sangue, a homem, a sujeira, a bebida barata, a suor acre e a graxa industrial. Não é preciso ser muito inteligente para saber que este é um lugar clandestino, um local perdido no meio do nada, e que eu estou muito, mas muito fodida.

Um homem está falando. Deve ter uns quarenta anos. Eu o imagino gordo, careca e sujo, com camiseta regata branca, shorts e chinelos de borracha, imagino as unhas do mindinho e do polegar compridas. Fala no plural. Aqui há mais pessoas além de mim. Aqui há mais gente de joelhos, com a cabeça baixa, coberta por esse asqueroso pano escuro.

— É isso aí, vamos nos acalmando, que o primeiro filho da puta que fizer um barulhinho, eu meto um tiro na cabeça. Se todos colaborarem, todos vão sair inteiros daqui esta noite.

Sinto sua barriga contra minha cabeça e depois o cano da pistola. Não, não está brincando.

Uma garota chora alguns metros à minha direita. Acho que não suportou sentir a pistola na têmpora. Escuta-se uma bofetada.

— É isso aí, rainha. Aqui ninguém chora, você escutou? Ou já está com pressa pra ir cumprimentar papai do céu?

Depois, o gordo da pistola se afasta um pouco. Foi falar ao telefone. Diz um número: *seis, seis infelizes.* Diz também, *seleção muito boa, boa demais, a melhor em meses.* Diz que é imperdível. Faz uma ligação atrás da outra. Por um instante, ele se esquece de nós.

Ao meu lado, escuto uma tosse abafada pelo pano, uma tosse de homem.

— Ouvi falar disso — ele diz, bem baixinho. — Pensei que era mentira, uma lenda. Chamam-se leilões. Os taxistas escolhem passageiros que acreditam que possam render um bom dinheiro e para isso os sequestram. Depois os compradores vêm e escolhem seus preferidos ou preferidas. E os levam embora. Ficam com suas coisas, obrigam-nos a roubar, a abrir suas casas para eles, a dar-lhes seu número de cartão de crédito. E as mulheres. As mulheres.

— O quê? — pergunto.

Ele percebe que sou mulher. Fica calado.

A primeira coisa que eu pensei quando entrei no táxi esta noite foi *finalmente.* Apoiei a cabeça no banco e fechei os olhos. Tinha bebido algumas taças e estava muito triste. No bar, havia encontrado o homem pelo qual eu tinha de fingir amizade. Ele e a mulher dele. Sempre finjo, sou boa fingindo. Mas quando entrei no táxi, suspirei e disse a mim mesma *que alívio, vou para casa, para me acabar de chorar.* Acho que adormeci por um momento e, de repente, ao abrir os olhos, estava numa cidade desconhecida. Um polígono. Vazio. Escuridão. O alerta que faz o cérebro ferver: sua vida acabou de entrar pelo cano.

O taxista sacou uma arma, olhou nos meus olhos, disse com uma amabilidade ridícula:

— Chegamos ao seu destino, senhorita.

O que aconteceu em seguida foi rápido. Alguém abriu a porta antes que eu pudesse trancá-la, enfiou um saco na minha cabeça, amarrou minhas mãos e me enfiou nessa espécie de garagem com cheiro de rinhadeiro podre, obrigando-me a ficar ajoelhada num canto.

Escutam-se conversas. O gordo e mais alguém, e depois outro e outro. Chega gente. Ouvem-se risos e cervejas sendo abertas. O cheiro de maconha começa a se espalhar, e alguma outra dessas merdas com cheiro ácido. O homem que está ao meu lado faz tempo que já não me diz para ficar tranquila. Deve estar falando isso a si mesmo.

Antes, ele havia mencionado que tinha um bebê de oito meses e um menino de três. Deve estar pensando neles. E nesses sujeitos drogados entrando no condomínio fechado em que ele mora. Sim, deve estar pensando isso. Nele cumprimentando o vigia noturno, como faz todas as noites desde que seu carro está na oficina, enquanto aqueles animais estão no banco de trás, agachados. Ele vai enfiá-los em sua casa, onde está sua bela mulher, seu bebê de oito meses e seu menino de três anos. Ele vai levá-los para dentro de sua casa.

E não há nada que ele possa fazer quanto a isso.

Mais à frente, à direita, ouvem-se murmúrios, uma garota que chora, não sei se a mesma que chorou antes. O gordo atira e todos nós nos jogamos no chão, como podemos. Não atirou em nós, só atirou. Dá na mesma, o terror nos transpassou. Escuta-se a risada do gordo e de seus companheiros. Eles se aproximam, levam-nos para o centro da sala.

— Bem, senhores, senhoras, está aberto o leilão desta noite. Bem lindos, bem comportadinhos, vocês vão ficar aqui. Mais pra cá, minha rainha. Iiiisso. Sem medo, linda, que eu não mordo. Assim está bom. Esses cavalheiros vão escolher qual de vocês vão levar. As regras, cavalheiros, são as de sempre: quem dá mais dinheiro leva a melhor mercadoria. As armas, deixem aqui enquanto o leilão durar, eu vou guardá-las. Obrigado. Como sempre, é um prazer receber vocês.

O gordo vai nos apresentando como se dirigisse um programa de televisão. Não podemos vê-los, mas sabemos que há ladrões nos olhando, escolhendo-nos. E estupradores. Com certeza há estupradores. E assassinos. Talvez haja assassinos. Ou alguma coisa pior.

— Daaaaamas e cavalheeeeiros.

O gordo não gosta dos que choramingam nem dos que dizem que têm filhos nem dos que gritam desesperados *você não sabe com quem está se metendo*. Não. Gosta menos ainda dos que ameaçam dizendo que ele vai apodrecer na cadeia. Todos esses, mulheres e homens, já receberam pontapés na barriga. Escutei pessoas caindo no chão, sem ar. Eu me concentro nos galos. Talvez não exista nenhum galo. Mas eu os escuto. Dentro de mim. Galos e homens. *Vamos lá, não seja tão mulherzinha, são criadores, caralho.*

— Esse senhor, como se chama nosso primeiro participante? Como? Fale alto, amigo. Ricardoooooo, bem-vindooooooo, tem um relógio de marca e tênis Adidas dos booooons. Ricardoooooo deve ter dinheiroooooooo. Vamos ver a carteira do Ricardo. Cartões de crédito, ohhhhhh, Visa Gooooold.

O gordo faz piadas ruins.

Começam a dar lances por Ricardo. Um oferece trezentos, outro oitocentos. O gordo acrescenta que Ricardo vive num condomínio fechado longe da cidade: Vistas do Rio.

— Ali onde nós, os pobretões, não podemos nem chegar perto. Ali é que mora o amigo Riquinho. Posso te chamar de Riquinho, não posso? Como o Riquinho Rico.

Uma voz horripilante diz cinco mil. A voz horripilante leva Ricardo. Os outros aplaudem.

— Vendido ao cavalheiro de bigode por cinco mil!

Nancy, uma garota que fala com um fio de voz, é tocada pelo gordo. Sei disso porque ele diz *olhem que tetas, que lin-*

das, que durinhas, que biquinhos e faz som de chupada, e essas coisas não são ditas sem tocar, e além disso, o que o impede de tocá-la, quem? Nancy parece jovem. Vinte e poucos. Talvez seja enfermeira ou professora. O gordo tira a roupa de Nancy. Escutamos que abre seu cinto e os botões e que arranca sua roupa íntima, embora ela diga *por favor* tantas vezes e com tanto medo que todos encharcamos nossos trapos imundos com lágrimas. Olhem esse cuzinho. Ai, que coisinha. O gordo chupa Nancy, o ânus de Nancy. Escutam-se lambidelas. Os homens atiçam, rugem, aplaudem. Depois, o investir de carne contra carne. E os urros. Os urros.

— Cavalheiros, não faço isso por depravação. É controle de qualidade. Dou um dez pra ela. É só dar um trato nela e nossa amiguinha Nancy fica uma delícia.

Deve ser linda porque oferecem, na hora, dois mil, três, três e quinhentos. Vendem Nancy por três e quinhentos. O sexo é mais barato que o dinheiro.

— E o sortudo que leva esse cuzinho delicioso é o cavalheiro do anel de ouro e do crucifixo.

Vão nos vendendo um por um. Do sujeito que estava ao meu lado, o do bebê de oito meses e o menino de três, o gordo conseguiu tirar toda informação possível e agora ele é um peixe muito graúdo para o leilão: dinheiro em várias contas, alto executivo, filho de um empresário, obras de arte, filhos, mulher. O cara é o bilhete premiado. Com certeza vão sequestrá-lo e pedir um resgate. Os lances começam em cinco mil. Sobem até dez, quinze mil. Vão até vinte. Alguém com quem ninguém quer se meter ofereceu os vinte. Uma voz nova. Veio apenas para isso. Não estava ali para perder tempo com bobagens.

O gordo não faz nenhum comentário.

Quando chega minha vez, penso nos galos. Fecho os olhos e abro os esfíncteres. Isso é a coisa mais importante que vou fazer na vida, então vou fazê-la bem. Encharco minhas pernas, os pés, o chão. Estou no centro de uma sala, rodeada por delinquentes, exibida diante deles como gado, e como gado esvazio meu ventre. Como posso, esfrego uma perna contra a outra, adoto a posição de uma boneca estripada. Grito como louca.

Agito a cabeça, balbucio obscenidades, palavras inventadas, as coisas que eu dizia aos galos, do céu com milho e minhocas infinitas. Sei que o gordo está a ponto de atirar em mim.

Em vez disso, arrebenta minha boca com um tapa, minha língua se divide em duas com uma mordida. O sangue começa a me cair pelo peito, a descer por minha barriga, a se misturar com a merda e a urina. Começo a rir, desvairada, a rir, a rir, a rir.

O gordo não sabe o que fazer.

— Quanto dão por esse monstro?

Ninguém quer dar nada.

O gordo oferece meu relógio, meu celular, minha carteira. Tudo é barato, falsificado. Pega em meus seios para ver se a coisa se anima e eu guincho.

— Quinze, vinte?

Mas nada, ninguém.

Jogam-me num pátio. Encharcam-me com uma mangueira de lavar automóveis e depois me enfiam num carro que me deixa toda molhada, descalça, aturdida, na rodovia Perimetral.

MONSTROS

Narcisa sempre dizia deve-se ter mais medo dos vivos que dos mortos, mas não acreditávamos nela porque, em todos os filmes de terror, quem metia medo eram os mortos, os zumbis, os possuídos. Mercedes morria de medo dos demônios e eu, dos vampiros. Falávamos disso o tempo todo. De possessões satânicas e de homens com presas que se alimentam do sangue das meninas. Papai e mamãe nos compravam bonecas e livros de contos de fada e nós recriávamos O *exorcista* com as bonecas e imaginávamos que o príncipe encantado era na realidade um vampiro que despertava Branca de Neve para convertê-la em morta-viva. Durante o dia tudo bem, éramos corajosas, mas à noite pedíamos a Narcisa que subisse para nos acompanhar. Papai não gostava que Narcisa — ele a chamava a *doméstica* — dormisse no nosso quarto, mas era inevitável: dizíamos que, se ela não viesse, nós é que desceríamos para dormir no quarto da *doméstica*. Isso, por exemplo, lhe dava medo. Mais que o demônio e os vampiros. E então Narcisa, que tinha uns catorze anos, fingindo que protestava, que não queria dormir conosco, dizia isto, que se deve ter mais medo dos vivos que dos mortos. E achávamos uma estupidez, pois como você pode ter mais medo, por exemplo, de Narcisa do que de Reagan, a menina de O *exorcista*; ou do seu Pepe, o jardineiro, do que de Salem ou de Demian, o filho do diabo; ou do papai do que do Lobisomem? Absurdo.

Papai e mamãe nunca estavam em casa, papai trabalhava e mamãe jogava cartas, por isso Mercedes e eu podíamos ir todas as tardes, depois do colégio, alugar os filmes de terror da videolocadora. O atendente não nos dizia nada. Claro que sabíamos que na capa estava escrito para maiores de dezesseis ou dezoito, mas o menino não nos dizia nada. Tinha a cara

cheia de espinhas e era muito gordo, estava sempre com um ventilador apontando para o meio das pernas. A única vez que falou conosco foi quando alugamos O *iluminado*. Olhou para a capa, depois para nós e disse:
— Neste filme há umas meninas iguaizinhas a vocês. As duas estão mortas, quem as matou foi o pai delas.
Mercedes agarrou minha mão. E assim ficamos, de mãos dadas, com o uniforme idêntico, olhando para ele, até que nos entregou o filme.
Mercedes era muito medrosa. Branquinha, franzina. Mamãe dizia que eu comia tudo o que vinha pelo cordão umbilical, porque ela nasceu minúscula: uma minhoquinha, e eu, ao contrário, parecia um touro. Usavam esta palavra: touro. E o touro tinha que cuidar da minhoca, o que se podia fazer? Às vezes, eu gostaria de ser a minhoca, mas isso era impossível. Eu era o touro, e Mercedes, a minhoca. Com certeza, Mercedes teria gostado de ser o touro uma vez ou outra, e não andar sempre atrás de mim, à minha sombra, esperar que eu falasse e simplesmente concordar.
— Eu também.
Nunca eu. Sempre eu também.
Mercedes nunca quis ver filmes de terror, mas insisti porque uma garota do colégio disse que eu não ia conseguir ver todos os filmes que ela havia visto com o irmão mais velho porque eu não tinha irmão mais velho, eu tinha Mercedes, famosa porque era cagona, e eu não suportei aquilo e naquela tarde arrastei Mercedes até a videolocadora e alugamos toda a série de *A hora do pesadelo*, e, nessa noite e nas seguintes, tivemos que pedir a Narcisa que subisse para dormir conosco, porque Freddy se enfia nos seus sonhos e te mata no sonho e ninguém percebe, porque parece que você teve um infarto ou se afogou com sua saliva, uma coisa normal, e então ninguém nunca percebe que um monstro com dedos de facas afiadas é que te matou.

Ter certos irmãos é uma bênção. Ter certos irmãos é uma condenação: foi isso que aprendemos nos filmes. E que sempre há um irmão que salva o outro.

Mercedes começou a ter pesadelos. Narcisa e eu fazíamos tudo que era possível para silenciá-la, para que papai e mamãe não percebessem. Eles me castigariam: os filmes de terror, tudo é culpa do touro. Pobre minhoquinha, pobre Mercedita, que calvário ser irmã de semelhante animal, de uma menina tão pouco menina, tão indomável. Por que você não é mais parecida com a Mercedita, tão boazinha, tão quietinha, tão dócil?

Os pesadelos de Mercedes eram piores que qualquer um dos filmes que víamos. Tinham a ver com o colégio, com as freiras, as freiras possuídas pelo diabo, dançando peladas, tocando-se lá embaixo, aparecendo no seu espelho enquanto você escovava os dentes ou quando tomava banho. As freiras como Freddy, metidas nos seus sonhos. E nós nunca tínhamos alugado um filme sobre aquilo.

— E o que mais, Mercedes? — eu lhe perguntava, mas ela já não dizia nada, só gritava.

Os gritos de Mercedes perfuravam a pele. Pareciam uivos, arranhões, mordidas, coisas animais. Quando ela abria os olhos, ainda continuava lá, aonde quer que fosse lá, e Narcisa e eu a abraçávamos para que voltasse, mas às vezes ela demorava muito para voltar e eu pensava que mais uma vez, como quando estávamos na barriga da mamãe, eu estava lhe roubando algo. Mercedes começou a emagrecer. Éramos iguais, mas cada vez menos iguais, pois eu era cada vez mais touro, e ela, cada vez mais minhoca: com olheiras, encurvada, ossuda.

Eu nunca tive muito apreço pelas freiras do colégio nem elas por mim. Quer dizer, nós nos detestávamos. Elas tinham um radar para as *almas díscolas*, usavam essa frase, e eu era isso, mas não me importava, díscola parecia com disco e com Coca-Cola, e eu adorava as duas coisas. Eu odiava sua hipocrisia. Eram más e se fingiam de santas. Elas me mandavam apagar todas as lousas do colégio, limpar a capela, ajudar a madre superiora a fazer sua beneficência, que nada mais era que repartir o que os outros, os nossos pais, doavam aos pobres, ou seja, intermediar para ficar com uma boa fatia, comer peixe do bom e dormir em edredom de plumas. E eu recebia castigo atrás de castigo porque perguntava qual o motivo de darem arroz aos pobres enquanto elas comiam corvina, e dizia que Nosso Senhor não gostaria disso porque ele fez os peixes para todos. Mercedes apertava meu braço e se punha a chorar. Mercedes se ajoelhava e rezava por mim com os olhos completamente fechados. Parecia um anjinho. Enquanto ela rezava a Ave-Maria, eu tinha vontade de fazer com que tudo se paralisasse por completo, porque eu achava que a prece da minha irmã era a única coisa que valia a pena no maldito mundo inteiro. As freiras diziam aos meus pais que minha irmã era perfeita para fazer parte da congregação, e eu a imaginava enclausurada naquela vida, como uma prisão de roupa horrível e grilhão de crucifixo enorme: não podia suportar aquilo.

Naquelas férias, nossa menstruação desceu. Primeiro para Mercedes, depois para mim. Foi Narcisa quem nos explicou como devíamos usar o absorvente porque mamãe não estava em casa, e ela riu quando começamos a andar como duas patas. Também nos disse, com todas as letras, que aquele sangue significava que, com a ajuda de um homem, já podíamos fazer bebês. Isso era absurdo. Ontem não podíamos fazer uma coisa tão insana como criar uma criança, e hoje podíamos. É mentira, dissemos a ela. E ela nos agarrou as duas pelos braços. As mãos de Narcisa eram muito fortes, grandes, masculinas. As unhas, longas e pontiagudas, eram capazes de abrir garrafas de refrigerante sem necessidade de abridor. Narcisa era pequena em tamanho e idade, apenas dois anos a mais que nós, mas parece que já tinha vivido umas quatrocentas vidas a mais. Estava nos machucando quando disse que agora sim que tínhamos que nos preocupar mais com os vivos que com os mortos, que agora sim tínhamos que ter mais medo dos vivos que dos mortos.

— Agora vocês são mulheres — disse. — A vida não é mais uma brincadeira.

Mercedes começou a chorar. Não queria ser mulher. Eu também não, mas preferia ser mulher do que ser touro.

Uma noite, Mercedes teve um dos seus pesadelos. Já não eram freiras, mas homens, homens sem rosto que brincavam com seu sangue menstrual e o esfregavam pelo corpo e então surgiam por todos os lados bebês monstruosos, pequeninos como ratos, que a comiam aos bocados. Não havia maneira de tranquilizá-la. Fomos procurar Narcisa, mas a porta do quartinho estava fechada por dentro. Escutamos ruídos. Depois silêncio. Depois outra vez ruídos. Ficamos sentadas na cozinha, no escuro, esperando-a. Quando por fim a porta se abriu, nos lançamos sobre ela, necessitávamos tanto do seu abraço, suas mãos sempre com cheiro de cebola e coentro, sua frase apaziguadora de que era preciso ter mais medo dos vivos que dos mortos. A alguns centímetros do seu corpo, percebemos que não era ela. Paramos aterrorizadas, mudas, imóveis. O que havia entrado pela porta do quartinho não era Narcisa. Nosso coração pulava como uma bomba. Havia algo distante e próprio nessa silhueta que fez com que fôssemos tomadas por uma sensação física de nojo e horror.

Demorei para reagir, não consegui tapar a boca de Mercedes. Ela gritou.

Papai deu uma bofetada em cada uma de nós e subiu calmamente as escadas.

Nem Narcisa nem suas coisas amanheceram em casa.

GRISELDA

A dona Griselda fazia uns bolos fantásticos. Ela tinha pastas com fotos dos bolos mais incríveis do universo. Era esse, e não o vestido novo. Era esse, e não os presentes embrulhados em celofane. Era esse, e não a comida favorita, o momento mais feliz dos aniversários: escolhê-lo e pensar na cara de inveja dos amigos ao ver quão internacionalmente bacana era nosso bolo.

É que os bolos da dona Griselda não eram redondos como os de todo mundo. Tinham formas. De Mickey Mouse, de casa de bonecas, de carro de bombeiro, de Ursinho Pooh, de Tartarugas Ninja.

Os bolos da dona Griselda tampouco eram brancos com confetes coloridos como os que minha mãe fazia, ou de pão de ló ou chocolate, como os que se veem em todo aniversário. Não. Se fosse um táxi, o bolo era amarelo táxi; se fosse uma viatura de polícia, tinha até as luzinhas vermelhas da sirene; se fosse uma partida de futebol, branco e preto; e se fosse a Cinderela, de todas as cores da Cinderela, inclusive o cabelo loiro, os sapatinhos de cristal e os ratinhos cinzentos.

Dona Griselda fazia uns bolos inesquecíveis. Para o meu irmão, ela fez o da primeira comunhão em formato de Bíblia aberta e nas páginas açucaradas escreveu em letrinhas douradas: "Nada mais perfeito que o Amor, o Amor tudo sofre, tudo crê, tudo espera, tudo suporta". As pessoas não paravam de perguntar à minha mãe de onde ela tinha trazido aquele bolo tão espetacular e tiravam fotos dele em vez de fotografar meu irmão. Quer dizer, fotografavam meu irmão, mas com o bolo junto. Minha mãe contou a dona Griselda. Ela ficou vermelha, parecia feliz.

Quando se aproximava a data, nós aniversariantes do bairro, com uma emoção gigantesca na barriga, íamos até a dona Griselda, depois de ter insistido muito com nossa mãe todos os dias. Por fim, chegava o momento em que ela nos dava as pastas e muito cerimoniosamente nos dizia: "Escolha o que você quiser. Não tenha pressa". Seus olhos brilhavam enquanto ela esperava que apontássemos com o dedo: "Este".

Começávamos a virar as páginas. A escolha, aquele momento terrível. E os irmãos sempre se intrometendo, interrompendo: "Mamãe, eu quero este para o meu próximo aniversário", "Manhê, ela não pode fazer um bolo pra mim?". Havia discussões. Um ano, como não conseguimos entrar num acordo, houve um de R2D2 e outro de Moranguinho na minha festa.

Minha mãe, enquanto decidíamos, perguntava a dona Griselda pela sua saúde, por Griseldita, pelas plantas. Mas não pelo marido. O marido, diziam, tinha ido embora com outra mulher. Ou que um dia saiu para trabalhar e não voltou. Ou que estava preso. Ou que lhe dava umas surras que a deixavam de cama durante dias e que ela ameaçou chamar a polícia. Ou que ele havia posto dona Griselda e sua filha para fora de casa, e as duas tiveram que vir morar aqui. Eu conhecia muito bem a casa porque nela morou uma amiga minha, Wendy Martillo, até ir embora porque seus pais se divorciaram.

Embora fosse a mesma, como a casa da dona Griselda era diferente da casa da minha amiga Wendy Martillo! Talvez os móveis fossem muito grandes e muito escuros para uma sala tão pequena, talvez fossem as cortinas, que sempre estavam fechadas. A casa da dona Griselda cheirava a coisa guardada, velha, embolorada. Mas nada disso importava porque era questão de abrir a pasta e tudo se enchia de cores, de personagens da Disney, de campos de futebol com grama de açúcar verde, arcos de confete e jogadores de bolacha; de baús do tesouro cheios de moedas de chocolate; de corações, de ursos, de sapatinhos de bebê, de Barbies, de Homens-Aranha e de tudo quanto pudéssemos sonhar em ver num bolo.

Dona Griselda não vivia disso. Na verdade, cobrava barato porque no bairro todo mundo estava mal de dinheiro. A filha, Griseldita, era quem as sustentava. Parece que tinha dinheiro. Havia trocado de carro duas vezes e sempre estava de roupa nova. Comprava sacolas e mais sacolas da dona Martha, vizinha da frente, que trazia muamba do Panamá, e foi essa mesma senhora que espalhou a fofoca de que Griseldita andava no mau caminho. Dizia assim mesmo, "mau caminho". Griseldita era loira, muito branca, e andava sempre com uns saltos que a faziam parecer altíssima. Muitas vezes chegava fazendo um escândalo de freios, chaves e barulho de saltos às quatro da manhã. O que nenhuma mulher do bairro fazia, Griseldita fazia.

Um dia fomos escolher um bolo para o meu aniversário de onze anos e assim que entramos, minha mãe, que estava na frente, me mandou voltar para casa. Pude ver alguma coisa. Dona Griselda estava estirada no chão, o penhoar levantado, dava para ver sua calcinha, e ela parecia morta. Gritei. Minha mãe, enfurecida, me mandou para casa e depois de um tempo eu a vi cruzar a rua correndo até a casa da dona Martha, da dona Diana e da dona Alicita. Depois acabou saindo todo o quarteirão na calçada. Aos gritos, chamavam o seu Baque, o vigia, para que viesse ajudar. Começamos a nos aproximar, apesar dos gritos das nossas mães.

Parece que alguém chamou Griseldita, porque ela apareceu logo depois, mais brava que assustada, espantando as mulheres que rodeavam sua mãe. Gritava feito louca. Que fossem embora velhas futriqueiras, que não estava acontecendo nada velhas de merda, que se metam com sua vida velhas putas, por acaso não têm casa velhas matracas. Dona Martha ficou na calçada murmurando: "Mas essa é muito boa, *ela* chamando a *nós* de putas. Que ainda por cima ajudamos sua mãe".

Minha mãe foi a primeira a voltar para casa porque não gostava de confusão. Dizia "não gosto nada de bagunça". Tinha sangue nas mãos e nós nos assustamos e começamos a chorar. "Dona Griselda caiu, não aconteceu nada, está bem, só tropeçou porque tinha acabado de lavar o chão." Depois a ouvi falando com as outras. Dona Griselda estava cheirando a álcool, contava minha mãe, tinha caído e machucado a cabeça. Estava toda vomitada, sussurrava minha mãe, e suja. As outras respondiam que o lance da cabeça podia ser coisa da filha, que lhe descia a porrada. Diziam "porrada". Minha mãe não acreditava. Mas não, como assim, uma filha fazer isso com a mãe, isso é uma aberração, isso não, isso não. As outras diziam sim, sim. Que as duas gostavam, e muito, é de um traguinho. Diziam "gostam, e muito, é de um traguinho". Que se a filha chegava bêbada, batia na mãe. Que se a encontrava bêbada, batia nela. Que se estivesse sóbria, também batia. E que isso acontecia todos os dias.

Aquele ano do meu décimo primeiro aniversário não teve o bolo. Minha mãe não quis encomendá-lo a dona Griselda depois do ocorrido, então comemos um triste bolinho coberto com chantili branco, confeitos coloridos e a vela com o número 11. Mamãe me prometeu que no ano seguinte eu ia ter o bolo mais espetacular do mundo, e eu comecei a imaginar uma Barbie altíssima e loiríssima com coroa e um vestido de princesa cor-de-rosa com fios prateados, todo feito com camadas de bolo e doce de leite de recheio. Dona Griselda me faria o bolo-Barbie mais precioso do mundo. Eu já o imaginava, tão perfeito, no centro da mesa. Minhas amigas iam morrer. Plaf, plaf, plaf. Uma atrás da outra, como baratas com Baigón.

Naquele Natal fez um calor insuportável e metade do bairro estava na calçada quando escutamos o disparo. Bum. Como um trovão. Os morcegos voaram fazendo aquele guincho espantoso. Os cachorros começaram a latir. Todo mundo se instalou em volta da casa da dona Griselda, mas ninguém se atreveu a entrar.

Os policiais a trouxeram enrolada num lençol branco que ia se empapando de sangue cada vez mais, como se a mancha crescesse.

"O que você fez, dona Griseldita?", mamãe chorava. "E se foi a filha?", dona Martha chorava. E tapavam nossos olhos e nos mandavam para casa, mas ninguém obedecia. Ficamos ali, um pouquinho afastados. As sirenes dos carros de polícia davam voltas e mais voltas. Tudo era vermelho. Ao longe, alguém estourava bombinhas e fogos de artifício. A mancha crescendo, crescendo, e uma mão escapando do lençol. Apenas uma mão, como se dizendo "tchau para vocês que ficam".

Depois de poucos dias, veio um caminhão e levou os móveis gigantescos da dona Griselda e muitas caixas nas quais, suponho, iam as pastas dos bolos. A filha também foi embora do bairro naquele dia. Nunca mais a vimos.

Meu próximo aniversário teve um bolo redondo, de merda, mas para dizer a verdade, isso já não me importava nem um pouco.

NAM

Ela se despe. Algo muito ruim ou muito bom está acontecendo. Acontecendo comigo. Seja o que for, meus pais não podem saber. Estou na casa de uma amiga. A mesma coisa de sempre. Mas minha nova amiga, metade americana, metade nossa, tira o uniforme, o sutiã esportivo, a calcinha, os sapatos. Fica apenas de meias, curtas, com uma bolinha fúcsia no calcanhar. Está nua, de costas, olhando para o seu armário.

É incômodo e é deslumbrante. As duas coisas doem. Cabisbaixa como um cachorro envergonhado, um cachorro feio e de pernas curtas, tento parecer a mesma de um momento atrás, quando ambas estávamos vestidas, quando essa imagem, a de seu corpo, não explodiu como milhões de estrelinhas em meu cérebro. Diana Ward-Espinosa. Dezesseis anos. Um metro e oitenta de altura. Jogadora estrela da equipe de vôlei de seu colégio nos Estados Unidos. Olhos verdes radioativos de gato. Sorriso branquíssimo igual ao do povo de lá.

Diana, Dayana em gringo, fala e fala, sempre, sem parar, misturando inglês e espanhol ou inventando uma terceira coisa, divertidíssima, que me faz gargalhar. Com ela eu rio como se em minha casa não estivesse acontecendo nada, como se meu pai me amasse como um pai. Rio como se não fosse eu, mas uma menina que dorme feliz. Rio como se a brutalidade não existisse.

Ela repete as frases dos professores como se repete um trava-línguas e nem se dá conta. Talvez por isso, porque a consideram boba, ou porque vive num apartamento minúsculo e não numa casa majestosa, ou porque sua mãe é professora de inglês no colégio e por isso ela não paga mensalidade, ou porque corre pelo bairro com uns shorts minúsculos, azuis com uma linha branca que se divide em V nas coxas. Por tudo isso, ou por alguma outra obscura exigência hierárquica das garotas populares, nenhum grupo a aceita. É branca, loira, tem os olhos verdes, seu nariz minúsculo é salpicado de sardas douradas, mas nenhum grupo a aceita.

Eu também não sou aceita, mas em relação a mim é aquela coisa de sempre: gorda, morena, de óculos, antissocial, feia, esquisita.

Um dia nossos sobrenomes foram sorteados na aula de informática. Uma ao lado da outra. Isso é tudo. Aprendo que bff significa Best Friends Forever.

Então somos melhores amigas para sempre. Então ela me convida a ir à sua casa para estudar. Então digo à minha mãe que dormirei na casa de Diana. Então estamos em seu quarto minúsculo, e ela está nua. Ela se vira para cobrir o corpo leitoso com um vestido jeans. Põe música. Dança. De fundo, a gigantesca bandeira estadunidense de sua parede.

Coberta por uma penugem clara, sua pele tem a aparência, a maciez, de um pêssego. Ela fala de meninos, ela gosta de meu irmão, da prova que vamos ter no dia seguinte, filosofia, do professor que é engraçado, mas que *fuck* é o ser?, de que jamais vai entender as coisas como eu as entendo, de que eu sou a pessoa mais inteligente que ela já conheceu e que ela, *okey*, sejamos honestas, ela é boa nos esportes.

Ela para na frente do espelho, a menos de um metro de mim, que estou sentada em sua cama quase me enfiando no livro de filosofia. Se eu quisesse, e quero, poderia estender o indicador e tocar no osso de seu quadril, fazê-lo avançar até onde nascem os pelos do púbis, nunca vi um púbis dourado, e saber se isso que brilha é umidade.

Ela faz um rabo de cavalo com seus elásticos infantis, como os que a menina do desenho *Mary tinha um cordeirinho* usava, passa nos lábios um brilho que tem cheiro de chiclete e se põe a criticar seu cabelo, suas orelhas, uma espinha que eu digo que não vejo. Mas não consigo olhar para ela, e ela percebe e se queixa: mas se você nem está olhando para mim, pare de estudar, você já entendeu o que é o ser.

Ela pega meu queixo e levanta minha cabeça para que eu olhe para ela. Cheiro o chiclete de seus lábios. Escuto meu coração batendo. Paro de respirar.

— Está vendo a espinha? Aqui? Está vendo? Minha língua está grudada no céu da boca. Engulo em seco. Assinto.

Comemos com seu irmão Mitch, seu gêmeo, de quem eu gosto tanto que minha mandíbula trava quando vou falar com ele. Mitch teve treino de futebol. Ele tira a camiseta suada e não veste outra. Almoçamos sozinhos, como um casamento a três. Diana põe a mesa, eu sirvo a Coca-Cola, e Mitch mistura macarrão com molho e põe para esquentar numa panela.

Suponho que seus pais, ambos, estejam trabalhando. Sei que Miss Diana, a mãe, que é minha professora de inglês, tem outro trabalho na parte da tarde na escola de idiomas. Do pai eu não sei nada. Também não pergunto. Nunca pergunto pelos pais. Eles me dizem que Miss Diana deixa a comida pronta de manhã, que ela não cozinha bem. Está horrível. Enchemos nossos pratos de queijo parmesão Kraft e morremos de rir.

Mitch também tem prova, mas não quer estudar. Na sala de jantar, que igualmente é a de estar, há fotos nas paredes. Mitch e Diana, bem pequenos, disfarçados de girassóis. Miss Diana, magra e jovem, na frente de uma casa com caixa de correio. Um cachorro preto, Kiddo, ao lado de um bebê, Mitch. As crianças no Natal, rodeadas de presentes. Miss Diana grávida. Diana, de branco, no dia de sua primeira comunhão.

Há algo triste na luz das fotos, típicas fotos dos anos 70: talvez muitas cores em tons pastel, talvez a distância, talvez tudo que não aparece. Sinto uma tristeza que não é exatamente minha. A minha existe, mas esta é outra. Aquelas vidas: as crianças-girassóis, o bebê encantador ao lado de um cachorro preto, tudo isso que parece perfeito, mas que também não parece nada perfeito. Não. Apesar de suas cabeças loiras, seus corpos de atletas, suas bochechas rosadas e seus olhos brilhantes, algo está errado.

Há um lado desesperado, sombrio, em Diana, em Mitch, em mim, nesse apartamento em que três adolescentes escutam música sentados no chão.

Colocamos discos: The Mamas & The Papas, The Doors, Fleetwood Mac, Creedence Clearwater Revival, Hendrix, Bob Dylan, Simon and Garfunkel, The Moody Blues, Van Morrisson, Joan Baez.

Diana conta que seus pais estiveram em Woodstock e pega um álbum de fotos em que, por fim, se vê a imagem do pai. Mr. Mitchell Ward: bigode ruivo, cabelo comprido e faixa na testa. Um tipo americaníssimo, belo e grande como seus filhos, que olha para uma garota, Miss Diana, quase irreconhecível de tão sorridente, de tão natural.

Depois, atrás dessa página, há outra foto diante da qual ficamos quietos: o pai de pé, vestido de militar. Lieutenant Mitchell Ward.

Ele foi para o Vietnã.

Os dois, Diana e Mitch, dizem a mesma frase juntos, como uma só pessoa com voz masculina e feminina.

Ele foi para o Vietnã.

He went to Nam.

Nam.

Volta a sombra, essa falta de luz que afoga, o silêncio como um mar bravo. Toca The Doors, que adoramos, e nós três olhamos para a vitrola abraçados a nossas pernas. Cantamos um pouco, e Diana traduz: *as pessoas são estranhas quando você é um estranho, as caras são feias quando você é um estranho*. Mitch põe para tocar *Astral Week*, de Van Morrison, e durante a música "Madame George", eu me recosto nas pernas de Diana. Mitch põe a cabeça em minha barriga. Acariciamos nossos cabelos.

Nessa tarde, ninguém estuda. Escutamos a música de Mr. Mitchell Ward, nos alternamos para trocar os discos e depois devolvê-los com cuidado ao envelope plástico, à sua capa e ao lugar que ocupam no móvel. Esse gesto é lento e sacramental. Suponho que os filhos não puderam se despedir de seu pai e que isto, deitar no chão e escutar seus adorados vinis, é o adeus mais bonito do mundo. E eu faço parte disso e meu coração acelera.

Quando toca "Mr. Tambourine Man", Diana chora. Procuro sua mão e a beijo com um amor tão intenso que sinto que vai me sufocar. Ela se inclina, me embala, procura minha boca e assim, escutando Bob Dylan e com lágrimas, dou, me dão, meu primeiro beijo.

Mitch nos olha. Ele se apruma, se aproxima, me beija e beija sua irmã. Nós três nos beijamos com sofreguidão, como órfãos, como náufragos. Cachorros famintos sorvendo as últimas gotas de leite do universo. A gaita toca. *Hey Mr. Tambourine Man, play a song for me.* Estamos na penumbra. Isso está acontecendo. Não há nada mais importante no mundo.

Somos o mundo.

Estamos quase nus quando, do outro lado da porta, Miss Diana remexe na bolsa, procura a chave, toca a campainha, chama seus filhos em inglês.

Diana e eu corremos para o quarto. Mitch se enfia no banheiro. Pegamos todas as nossas roupas, mas o disco continua girando. Miss Diana, atroz, tira a agulha do disco e o apartamento fica em silêncio. Quando abre a porta, Diana e eu fingimos estudar. Mitch sai do banho enrolado numa toalha, com o cabelo molhado. Ninguém confessa ter posto o disco. O disco do pai. O disco do Lieutenant Ward, que esteve no Nam.

Gritos em inglês. Miss Diana está muito vermelha e parece a ponto de chorar ou de explodir em mil pedaços. Escuto palavras que não entendo e outras que sei o que significam, palavras como *fucking* e *fuck* e *album* e *father*. Os filhos dizem que não, e ela se aproxima de Diana. Aproxima-se com a mão aberta, para bater nela, e eu, desesperada de amor, grito que não Miss, que fui eu, o lance do disco, que fui eu, e ela já não sabe o que fazer nem o que dizer. Fica parada com a mão no ar como uma estátua da liberdade sem tocha e se dá conta de que é minha professora e que eu a vi fazendo aquilo que não se deve fazer, aquilo que fica guardado entre as quatro paredes das casas, aquilo que os pais fazem com os filhos quando ninguém os vê.

Sai em silêncio.

Diana olha para mim. Eu olho para ela. Quero abraçá-la, beijá-la, tirá-la dali.

Ela ajeita o cabelo e diz:

— É melhor começarmos a estudar filosofia.

Passamos a noite estudando ou fingindo que estudamos. Ela, que não entende nada, dorme um pouco de madrugada e, sob a luz mínima, eu a contemplo. Parece Ofélia, a do quadro, e também uma super-heroína, She-Ra, a irmã do He-Man. Eu a descubro e a olho inteira: tenho vontade de ser minúscula e de me enfiar por entre seus lábios entreabertos e viver dentro dela para sempre. Até o esmalte descascado que tem nas unhas dos pés me enternece, me desconcerta, me subjuga. Eu beijaria cada poro dela.

Já não sou eu.

Adormeço por um instante. Sonho que Diana é perseguida por cachorros pretos, que me pede ajuda e eu não posso fazer nada. Escuto gritos, gritos de homem. Inclusive com os olhos abertos, continuo escutando-os. Quero me levantar, mas Diana me abraça com força e sussurra: *It's okey, it's okey.*

Amanhece e surgem os sons do dia. Água na pia, barulhos na cozinha, e finalmente, a batida de porta da mãe. Diana troca de roupa sem se virar, mas, quando estou subindo o zíper do uniforme, ela me rodeia, baixa um pouco o zíper, escreve algo em minhas costas com a ponta do dedo e volta a subi-lo. Sorri. Nas costas, levo um *I love you.*

Digo a Diana que tenho de ir ao banheiro. Ela responde que vou ter de ir no colégio. Impossível. Minha menstruação veio durante a noite, quero fazer xixi, estou um pouco enjoada. Não aguento.
Tenho de ir.
No apartamento há dois banheiros. Um, de visitas, na sala, e outro no quarto dos pais, o da porta sempre fechada. Mitch está no banheiro da sala e Diana diz que seu irmão demora muito e eu morro de vergonha de pedir a ele que saia. Não posso fazer isso, muito menos depois do que aconteceu ontem, ainda sinto os lábios de Mitch Ward em meu pescoço de perdedora e em minha barriga de perdedora. Prefiro arrancar a mão do que tocar nessa porta.
Mas também não posso esperar mais, sinto frio, suo frio, estou arrepiada, as pernas bambas.
Tenho de ir.
Diana insiste: no colégio, no colégio, não posso entrar no quarto de seus pais, nem ela pode entrar ali, mas eu sei que não vou aguentar, que vou me cagar no caminho até o colégio, e que o uniforme é branco e que eu vou morrer.
É urgente. Não posso mais. Não estou passando bem.
Tenho de ir.
Ela me arrasta para fora de casa. Vamos, no colégio há vários banheiros, chegamos num minuto. Minha testa está banhada de suor. Estou quase me cagando. Digo a ela que esqueci um livro e volto a entrar na casa. Aperto as pernas, deus, me ajude. A única coisa que penso é que vou ao banheiro, que não vou me cagar toda, que nem Diana nem Mitch vão me ver manchada com meus próprios excrementos, que irei ao banheiro e não morrerei. Farei cocô e voltarei a amar e ser amada.
Abro a porta do quarto dos pais. Ali dentro parece um aquário de água densa, como líquido de embalsamar. No ar flutuam fiapos de pó e há um cheiro enjoativo, picante. Ácido e doce e podre, gás lacrimogêneo, mil cigarros, urina, limões, cândida,

carne crua, leite, água oxigenada, sangue. Um cheiro que não sai de um quarto vazio, do quarto de algum pai.

Estou a ponto de me cagar toda na calcinha, essa é minha única valentia, a única razão para dar outro passo e penetrar mais nesse cheiro que agora é como um ser vivo e violento que me dá bofetadas. Outro passo. Outro. Agora já estou enjoada, agora o cheiro é o de um animal morto na estrada, mas eu estou nas entranhas desse animal, dentro dele.

Sinto náusea. Agarro-me a algo e esse algo é uma mesa e essa mesa tem uma lâmpada que cai e se espatifa no chão. Então salta da cama, com a velocidade e a força de uma onda, um vulto que me derruba no chão. Não vejo muito bem. A luz é pobre, enfermiça. Não sei o que há em cima de mim. Caiu sobre mim uma coisa informe, aterradora. Está em cima de meu peito e não consigo me mexer. Tento gritar e não me sai nem um som.

Tem cabeça, é um monstro. Seu rosto, dentes amarelos e raivosos, está grudado no meu. Cheira a carniça. Balbucia coisas que não entendo, faz ruídos animalescos, grunhidos, estertores, baba em mim. Põe uma mão enorme em meu pescoço e o aperta, e vejo em seus olhos vermelhos que vai me matar, que me odeia e que eu vou morrer. Vou morrer.

Meu deus.

Por favor, digo em minha mente, por favor.

Então Diana abre a porta, Diana She-Ra, a irmã de He-Man, minha salvadora, abre a porta e grita algo que não consigo entender, e a besta que está me enforcando levanta a cabeça para ela e me solta.

Eu começo a gritar, vomito, faço xixi e esvazio minhas tripas ali, no tapete.

A luz que entra pela porta me deixa ver aquilo que estava em cima de mim, me matando. Estendido no chão, parece um travesseiro que geme.

— *Daddy?*

Ela se aproxima da coisa. Para mim, ela nem sequer olha. Levanta-o nos braços e vejo dois cotos se agitando acima das coxas e no cotovelo esquerdo. Diana leva até a cama aquele menino atroz, que na realidade é um homem sem cabelo, com os olhos saltados das órbitas, esquálido e cor de cera. O braço direito, as veias do braço direito, estão completamente cheias de crostas e pústulas vermelhas. Ela o embala e consola e beija sua testa, enquanto ele chora e ambos repetem sem parar I'm sorry, I'm so sorry.

Eu me levanto como posso. Mitch está na porta, olhando-me com ódio. Vou para a sala, telefono para minha casa. Meu pai atende. Desligo o telefone.

Vou até a casa de minha avó. Minto para ela, digo que estou doente, que não pude segurar, que me caguei no colégio. Sim, foi isso que aconteceu. Enquanto tomo banho, choro até que o peito me dói.

O exame de filosofia é a última prova de nosso último ano de colégio. Minha mãe diz que estou doente, faço a prova outro dia. Tiro a melhor nota. Fico sabendo que Diana não se formará conosco, não foi fazer a prova. Dizem que ela voltará aos Estados Unidos.

Telefono para ela. Não atende às minhas ligações.

Espero ao lado do telefone. Ela não me liga.

Nunca mais.

Não volto a saber nada dela até agora há pouco. Abro meu Facebook e encontro esta mensagem de uma ex-colega de colégio:

"Oi, sinto muito em lhe dar essa notícia, mas você sabia que Diana Ward morreu num ataque no Afeganistão? Ela e sua esposa eram do US Army. Estou lhe contando porque lembro que vocês duas eram muito amigas. Que pena, não?"

CRIAS

Vanesa e Violeta, as gêmeas, minhas vizinhas de toda a vida, agora vivem no exterior. Emigraram faz uns quinze anos, como eu, e não pisam no país desde então. Levaram primeiro a mãe, depois o irmão mais velho, a cunhada, os sobrinhos, e na casa do bairro ficou apenas o outro irmão, o esquisito.

Voltar, como todo mundo sabe, é impossível. Depois dos abraços e das lágrimas, vem o verdadeiro reencontro, estar cara a cara com as mesmas pessoas quando nós já somos outros, estar diante delas quando não sabemos quem são. Ou seja, ninguém diante de ninguém. A pantomima de: ai, que lindo, que delícia, quantas saudades. Procuram-nos onde já não estamos, nós os procuramos onde já não estão e aí começa a tragédia.

Depois de alguns dias em casa, tomando as vitaminas de sempre, aparentando uma docilidade de leão de circo, deixando-se envolver pelo meloso olhar filial, chega um dia em que não é mais possível: fingir que voltou requer um esforço exaustivo. Quase mata.

Bato na porta do vizinho, o esquisito, porque, digo a mim mesma enquanto ando os dez passos que me separam de sua casa, quero saber de suas irmãs, mas na verdade quero saber dele: o esquecido dos exílios familiares. Ele: o garoto de minha infância.

Ele me abre a porta vestido com um roupão, um roupão de uma espécie de flanela nessa terra que só falta nos cozinhar, mas o roupão é de flanela, xadrez, um pouco acima dos joelhos. Está com chinelos azuis de borracha. Não veste calças, mas usa óculos que ajeita dando uma batidinha no nariz quando me vê parada do outro lado de sua porta metálica pintada de branco. É tão pálido que parece vindo de um mundo sem sol, o canário da mina, mas a verdade é que ele não sai de casa.

Perdeu todo o cabelo, engordou uns vinte quilos, tem o mau cheiro dos idosos abandonados. É claro que me reconhece, é claro que diz meu nome, é claro que me convida a entrar e a me sentar no mesmo sofá vermelho de sempre que agora está desbotado e cheio de pelos, como se aqui vivessem gatos, mas não há gatos. Ele sabe quem eu sou. Porém, o mais importante: eu sei quem ele é. Cara a cara não existe disfarce. Eu nunca fui embora, ele nunca ficou.

Depois de três perguntas idiotas, que ele responde com seu balbucio costumeiro e olhando para o outro lado — o que aconteceu com seus irmãos, com sua mãe, e por que nunca voltaram —, eu me ajoelho no tapete vermelho, um persa falsificado imundo, abro o roupão dele, sob o qual não há nada, e o chupo. Ele não se surpreende. Eu sim, pois o cheiro é repugnante e ele tem o púbis sem pelos e o pau morto, mas continuo e continuo e continuo até que ele fica duro e continuo mais ainda, até que ele goza na minha boca e eu engulo aquilo que tem cheiro de mostarda Dijon e cloro. Ao lado de meu joelho passa uma barata enorme e ele a pisoteia sobre o tapete persa falsificado. Então me dou conta de que sobre o tapete há um monte de baratas mortas, de barriga para cima, as patinhas duras, e que, de fato, estou ajoelhada em cima de uma que morreu faz tempo, que é um fóssil de barata, uma casca. Do bolso do roupão ele tira um lenço imundo e limpa os cantos de minha boca. Não falamos.

Enquanto ele está na cozinha, olho à minha volta. A sala de estar e a de jantar se encontram tão cheias de coisas, de sacos pretos de lixo, garrafas vazias, caixas de papelão, pentelhos, que isso já não pode ser chamado de casa. As baratas sobem e descem pelas paredes e há uma que se aproxima, intrépida, de meu pé. Tenho pavor delas, mas não consigo me mexer, de repente me sinto muito cansada, o viajante que pisa em terra firme depois da odisseia, e dormiria de boa vontade nesse tapete cheio de pelos, de pele morta, cadáveres de bichos e pó.

Ele traz uma Coca-Cola sem gás num copo todo engordurado que tem cheiro de ovo. Espera que eu tome tudo e me oferece a mão para que eu me levante.

— Quer vê-las?

Conheci Vanesa e Violeta, que eram idênticas, no parque da esquina. Quando me disseram que tinham minha idade, dois irmãos, e que viviam na casa vermelha ao lado da minha, achei extraordinário. Sua família era como a minha, tudo igual, mas elas eram duas e não uma. Eu era apenas eu e achava chato. O lance gemelar me fascinava, perguntava-lhes coisas sem parar, e elas, com seu rosto igualzinho, como uma menina que fala com seu espelho, respondiam. Um dia me disseram que, se uma delas sentia dor, a outra também sentia, então belisquei Vanesa, e Violeta deu um grito. Bati palmas como se tivesse presenciado uma verdadeira mágica e decidi que as amava: minhas amigas prodigiosas eram como um espetáculo. Isto, o negócio de machucar uma delas para que a outra sentisse, eu repeti muitas vezes: dava-lhes socos no estômago, puxava seu cabelo, pisava em suas mãos, jogava cera quente nas pernas delas, enfiava-lhes uma tachinha na unha. Sempre sentiam ao mesmo tempo, até choravam, mas deixavam: eram as meninas mais inocentes do mundo. As mais.

No mês que as conheci foi meu aniversário de doze anos e as convidei sem consultar ninguém. Vieram com vestidos idênticos, de xadrez escocês e peitilho de renda, e cada uma trazendo por uma das mãos um grande pacote embrulhado para presente. Minha mãe adorou as duas, eram tão elegantes, ainda tão meninas, muito bem-educadas e me presentearam com uma boneca que abria e fechava os olhos azuis de pestanas enormes. Eu sempre achei essa boneca aterrorizante, e minha mãe, que havia tentado de tudo, inclusive fazer um batismo com água benta, finalmente teve de escondê-la porque em meus pesadelos Dina — assim se chamava a boneca de acordo com a caixa — me estrangulava com suas mãozinhas, nas quais de repente haviam crescido garras vermelhas. Meus irmãos a chamavam Diabina e, às vezes, de noite, vinham com ela ao meu quarto e a deixavam na cama, sentada, observando-me com aqueles olhos vidrados, fixos. Faziam-na falar, dizer-me coisas horríveis: que ia me levar para o inferno porque eu era tão má quanto ela. Meus irmãos me torturaram com Diabina durante meses e meses, até que meu pai lhes deu tapas nas costas e, se não tivessem se protegido com os braços, teria batido na cabeça deles.

— Parem de infernizar sua irmã, vão deixá-la mais louca do que ela já é.

Vanesa e Violeta tinham dessas bonecas espalhadas por todo o quarto, era uma coisa horrorosa: jamais consegui ficar sozinha ali. Quando não estavam, porque, por exemplo, iam ao banheiro ao mesmo tempo, ou tinham sede ao mesmo tempo, eu ia para o corredor e, numa daquelas tardes, uma das portas se abriu e eu conheci o irmão delas, o esquisito. Ele me perguntou se eu queria ver uma coisa e eu lhe disse que sim, porque toda a vida eu quis ver coisas e porque sempre digo sim aos homens. Ele me levou à sacada e lá, numa gaiola, havia dois hamsters mexendo seus narizes e boquinhas minúsculas, contemplando o nada, bobalhões. Ele me disse que a fêmea tinha acabado de dar cria e que havia comido os filhotes. Não acreditei até que ele enfiou a mão na gaiola e tirou dali meio hamsterzinho, uma coisa diminuta e rosada, uma patinha e um rabo ainda com um pouco de sangue e depois uma cabeça do tamanho das bolinhas de papel que as meninas da escola atiravam na minha nuca. A mãe, peluda e bochechuda, olhava para a frente com seus olhinhos pretos e seus bigodes caricaturais. Era tão difícil imaginá-la comendo suas criaturinhas; mas, por outro lado, ele estava ali, com as palmas das mãos abertas, mostrando-me pedaços de bebês hamster, pata e rabo na da direita, cabecinha na da esquerda, e contando-me que havia visto tudo, desde o parto até o canibalismo. Depois me disse que a hamster era muito esperta e não queria que seus filhos crescessem naquela casa, sua casa, e atirou os pedacinhos de carne pela sacada, limpou a mão num lenço que tirou do bolso, abriu o zíper, pegou minha cabeça, disse que eu me ajoelhasse, que abrisse a boca e que metesse na boca aquele outro pedaço de carne rosada que ele tinha entre as pernas. Mandou que eu não usasse os dentes e assim o fiz. Isso ocorreu na frente dos hamsters e, quem sabe, dos vizinhos. Isso era amor, ele me explicou, e eu disse que sim, porque sempre digo sim aos homens.

Eu tinha doze e ele, treze. O que algum de nós sabia sobre amor?

Esperei Vanesa e Violeta no corredor e lhes contei do hamster e as duas disseram, sem espanto nem nojo, que não era a primeira vez, que sempre comiam as crias, mas que seus pais haviam explicado a elas que tudo bem que isso acontecesse porque os recém-nascidos eram fracos e não sobreviveriam, que os roedores comem suas crias quando sentem que o mundo vai comê-los de qualquer jeito. Disseram isso com tanta naturalidade que eu estive a ponto de dizer a elas que, além de tudo, o irmão havia enfiado sua carne na minha boca porque isso era amor. Mas não falei nada. Fui para casa e comi purê com *nuggets* de frango. Meu pai, como sempre, mandou minha mãe levar o jantar ao seu quarto. Algumas vezes ele tentava jantar conosco, mas a sala de jantar se convertia na dimensão desconhecida: nós engolíamos tudo como desvairados, em silêncio, sem levantar a cabeça, e mamãe queimava o arroz, derramava a sopa, ria, também, de nada, como se em vez de nossa casa aquilo fosse um manicômio. Naquela noite contei o lance dos hamsters, mas não o outro, e um de meus irmãos disse que nojo, e o outro disse não fale essas merdas durante o jantar, e me deu um tapa no braço. Minha mãe estava na cozinha. Ofereceu mais *nuggets*, mais purê, e eles aceitaram e eu também, mas engolindo as lágrimas porque na minha casa, quando você está sufocando, você come, e quando ninguém vem em seu auxílio, você come; e quando você está roxa, inchada, morta, você come. De qualquer modo, minha mãe não ia fazer nada.

 De meu quarto eu podia escutar Vanesa e Violeta. Às vezes, gritavam meu nome e então eu dizia à minha mãe que ia na casa delas. Nunca era o contrário: meu pai não gostava que as pessoas viessem à nossa casa. O pai de Vanesa e Violeta se chamava Tomás, sr. Tomás, e metia medo. Era um senhor muito alto e muito corado que usava óculos de aro preto grosso, vestia ternos claros e quase nunca estava em casa. Quando estava, era preciso baixar a voz até o mutismo, o ar se preenchia de uma substância elétrica, lacrimogênea, como quando vai cair uma chuva torrencial, e a brincadeira se tornava enfermiça. Matávamos as bonecas de formas horríveis, nós mesmas nos fingíamos de mortas, ou jogávamos os brinquedos na caixa de qualquer maneira, com ferocidade. Nesse silêncio, escutava-se nitidamente o barulho da roda metálica da qual os hamsters, desesperados, inutilmente tentavam escapar.

 Então eu me levantava devagarinho, descia as escadas como um fantasma, abria a porta que me asfixiava e ia para casa, onde o ar não era melhor, mas me pertencia. Você respira, embora seja espantoso, aquilo que é seu, aquilo que seus pulmões anseiam sem saber por quê. A pobre inteligência do pulmão. Carne de minha carne. Ar de meu ar. Filha de meus pais.

 A mãe de minhas amigas, ao contrário, era baixinha, e só. Por mais que eu pense, não me lembro de outra característica distintiva sua. Era como um borrão caminhando de vestido. Talvez se chamasse Margarida, talvez Rosa, algo piegas, floral.

 Depois do encontro na sacada, não vi o irmão esquisito durante um bom tempo. Sei que ele sabia que eu tinha chegado à sua casa porque a porta se abria um pouco e eu sentia seus olhinhos pretos me seguindo enquanto avançava pelo corredor. Às vezes, quando eu passava ao lado do quarto dele, sentia um calor bestial no baixo-ventre e um calafrio, mas de nenhuma maneira semelhante ao que sentia quando estava doente. Eu ficava sabendo que a hamster continuava parindo e comendo suas crias e aquilo me excitava. Como esse lance do canibalismo roedor acontecia de noite, sugeri que tirassem fotos, mas eu é que não ia pegar a câmera de meu pai nem elas a do seu: eles queimariam nossas mãos, portanto fiquei só na vontade de ver.

Com o passar do tempo, comecei a me cansar de Vanesa e Violeta. Havia começado a lhes chamar Vaneta ou Vionesa, mas não se chateavam, jamais demonstravam outra emoção que não fosse uma risada débil ou umas lágrimas amuadas. Eu já não achava graça o prodígio de que, se batesse em uma, a outra é que se doía, mas continuava fazendo aquilo. Eu só continuava indo até aquela casa para percorrer o corredor onde sabia que ele estava, trancado com suas coisas esquisitas: livros, insetos, aquários, revistinhas, e me sentava no tapete para brincar com suas irmãs apenas para senti-lo perto, para escutar sua tosse. De manhã, quando saíamos para ir ao colégio ao mesmo tempo, não nos olhávamos, mas eu sentia o rosto pegando fogo e o coração como uma bomba. Achava que todo mundo percebia, mas a verdade é que ninguém olhava para mim naquela hora. Em hora nenhuma. Meus irmãos olhavam para mim à noite para me assustar com a boneca diabólica, isso sim.

Certa tarde fui à sua casa, como sempre, e ele saiu do nada, me pegou pela mão e me enfiou em seu quarto, rápido, sem dizer uma só palavra. Ali, na penumbra que cheirava a meias usadas e a axilas sem lavar, ele me olhou, ajeitou os óculos no nariz e me beijou, me beijou muito, de pé e deitado, e eu me deixei beijar muito, de pé e deitada. Ele já não teve de dizer que aquilo era amor, porque eu já sabia.

Sabia perfeitamente.

Quando o pai os abandonou, o meu achou que não era bom que eu continuasse frequentando a casa deles porque era uma casa sem cabeça. Assim ele disse, talvez tenha dito sem cabeça de família, mas eu apenas lembro que falou casa sem cabeça, como frango sem cabeça, ou seja, loucos. Não foi traumático para mim porque eu já não queria as gêmeas em minha vida, tinha descoberto os livros e, com eles, a deliciosa sensação de não precisar de nada nem de ninguém no mundo inteiro. Eu já não era uma menina estranha, mas uma menina leitora. Às vezes, as imaginava do outro lado de minha parede, de meu espelho, rodeadas por suas assustadoras bonecas de porcelana, brincando de bate-mão como duas bobinhas. A natureza tinha duplicado o erro. Eu não sentia pena delas nem nada.

    Ele, o irmão esquisito, eu via quando saíamos todos para o colégio, e minha mãe, um pouco apressada, meio nervosa, cumprimentava Margarida ou Rosa, a mãe, e dizia qualquer dia desses vou aí e a gente toma um cafezinho. Nunca, é claro. Um dia, eu já devia ter uns quinze, ele deixou de ir ao colégio. Tinha se formado e ninguém nunca voltou a perguntar por sua existência. Eu morria de curiosidade de saber, mas me imaginava derretendo-me no asfalto à medida que pronunciava seu nome e dizendo a última sílaba a partir de uma poça d'água em que eu me transformara. Meus irmãos também haviam se formado, nossas pessoinhas tinham se tornado pessoas: o dano já estava feito.

    Eu também me formei, comecei a faculdade, terminei, continuei dizendo sim aos homens, espatifando-me como um copo barato contra as paredes de diferentes casas. Ou seja, crescendo. Depois fui embora do país, meu pai morreu sem que eu soubesse quem era aquele homem que eu tanto desejei que me amasse — a pior forma de amor —, dei mil voltas como o hamster na roda estúpida e um dia voltei e caminhei os dez passos que me separavam de sua casa.

    — Quer vê-las?

Digo que sim porque sempre digo sim aos homens. Eu me levanto e subo com ele as escadas que não subi por centenas de anos, por mil vidas, ou seja, nunca mais. A peste, como um invasor, se apossou também da zona de cima, há um obstáculo para cada passo. Não sei o que é toda essa merda, mas sei que se cair não vou conseguir me levantar, que me fundirei na acumulação pastosa de lixo e ficarei ali para sempre, como um inseto no âmbar, como Alice caindo sem parar pelo buraco da árvore. O país das maravilhas: uma casa do sul entupida de dejetos. O coelho branco: o irmão esquisito que todos abandonaram. Ele me pega pela mão e me leva àquele que sempre foi seu quarto.

Ali, como se o tempo não tivesse passado, um casal de hamsters dá voltas numa roda. Acende a luz, uma lâmpada imunda, sem abajur, e vejo que em todas as paredes há fotos, fotos ampliadas até a desfiguração: são hamsters gigantescos devorando passo a passo, com método, suas crias. Simpáticos dentinhos de roedor cravados na carne rosada de umas coisinhas com cara extraterrestre que são seus próprios filhos. As fotos que sempre quis ver estão diante de meus olhos e são mais belas do que jamais imaginei. Ser que come os seres que gerou. Mãe se alimentando de seus pequenos. A natureza quando não se equivoca. Olhamos um para o outro. Eu sorrio. Ele sorri.

Compreendo, pelas cócegas que sinto no baixo-ventre, pela vertigem, pela mão que desliza por baixo da minha saia e me eletriza, que, às vezes, só às vezes, há uma terra à qual se pode voltar.

PERSIANAS

O que se deve fazer é baixar as persianas durante o dia, fechar as janelas e venezianas e abrir tudo durante a noite. Assim se fez dia após dia, verão após verão, desde que esta casa, que meus bisavós construíram, tem persianas e janelas.

O encarregado de abrir e fechar, do clima da casa, por assim dizer, sempre foi um menino em vias de deixar de ser a criança da família. Quem foi o primeiro? Algum desses tios de quem só se fala para se referir a uma característica de algum de meus primos ou minha. Parentes que um dia foram para a guerra ou para os Estados Unidos, de emigrantes, e não voltaram, ou que morreram na infância e deixaram de herança o nariz de Julio, as pernas tortas de María Teresa, minha gagueira. Ou nada. Gente que passou por esta família como passavam os empregados quando meu avô estava vivo: calados, cabisbaixos, sem interromper. Esses só são mencionados para dizer quantos filhos teve a bisavó, a tia Elsa, a madrinha Toya ou a avó e quantos morreram. Antes, suponho, as crianças morriam como morreram três dos sete filhotes de Laika, que foram jogados no lixo.

— Mamãe, se eu morresse, o que você faria?

— Eu também morro, Felipe, eu também morro. Você é o homem da minha vida, o único que nunca vai me abandonar.

Até dois verões atrás, o encarregado do clima da casa era meu primo Julio, que tinha catorze, mas minha mãe diz que meus tios compraram um apartamento na praia e que por isso deixaram de vir. Cada vez que nos vemos na cidade, sempre menos, afirmam que neste verão eles vêm, com certeza. Mas transcorrem os duzentos mil dias pelos quais se estende o verão nesta cidadezinha e eles não aparecem.

Essa casa era outra casa quando meus tios vinham com Julio e María Tereza: limpava-se e enchia-se a piscina, traziam

Laika, brincávamos pela cidade sem que ninguém nos vigiasse, ficávamos acordados até tarde da noite, dormíamos em cima de cobertores, no pátio, sob estrelas que não há na cidade, falando de coisas das quais não se fala na cidade.

Nada do que existe aqui existe lá.

Nem nós.

Era como se nessa casa, a casa, fôssemos diferentes do que éramos nos apartamentos. Lá, éramos mais diminutos, mais desajeitados, mais feios, mais fedidos. Lá, na cidade, éramos uns perdedores. No colégio eu não tinha um único amigo, porém durante o verão era parte de um bando. Claro, um bando de três, mas havia uma menina. A menina mais divertida do mundo: minha prima María Teresa, e o menino mais genial do mundo: meu primo Julio. E, bem, eu.

Nessa casa, no cu dessa cidadezinha no cu do mundo, a vida era bastante boa. Aqui foi onde nós três crescemos. Aqui Julio quebrou meu braço quando fingia ser Bruce Lee. Aqui cortamos o cabelo das bonecas de María Teresa e ela não falou conosco durante todo o verão. Aqui soubemos que meu pai não voltaria de suas férias no exterior, que as férias no exterior se chamavam Sofía e que Sofía esperava um bebê, meu irmão ou irmã. Aqui María Teresa ficou mocinha e meu tio chorou, e minha tia o chamou de maricas. Aqui bebemos e fumamos. Aqui Julio me falou pela primeira vez de punheta e me mostrou uma revista pornô onde vi tantas bocetas até memorizá-las na cabeça. Aqui o corpo de María Teresa mudou, ela estirou — embora nunca tenhamos deixado de chamá-la María Tobesa — e se converteu numa mulher com tudo o que uma mulher tem e mais um cabelo preto revolto e as covinhas na bochecha que eram de María Teresa desde sempre. Aqui Julio se transformou num bicho de ódio e cara purulenta, que não parava de espremer as espinhas e de mandar todo mundo à merda. Aqui eu tive medo da morte quando, debaixo de seu corpo enorme, vi o punho fechado de Julio se aproximar de meu nariz porque o chamei de veado. Aqui meu primo Julio quebrou meu nariz.

 Aqui, numa noite de tempestade de verão, dentro da piscina, María Teresa me beijou na boca, contou a Julio e ele, que primeiro nos chamou de porcos, vocês me dão nojo, também quis. Nós três nos beijamos, ela no meio, beijando a mim e beijando a ele. Tudo estava tão selvagemente bom e tão selvagemente mau, tudo junto e fazendo do coração um emaranhado estranho, que acabamos chorando. Julio chorava. María Teresa chorava. Eu chorava. Parecia que tínhamos passado a vida toda naquela piscina, sozinhos, sem que nunca nenhum adulto tivesse nos dado uma toalha para sair dali. Voltamos a beijar nossas bocas molhadas e engilhadas e juramos que nos amaríamos para sempre, que, quando fôssemos adultos, nos casaríamos. Os três. Que nunca haveria ninguém além de nós. Que seríamos melhores pais para nossos filhos, que nunca os abandonaríamos como meu pai, que nunca colocaríamos o trabalho acima de tudo como meu tio, que nunca viveríamos tão estupidamente como minha tia, que nunca seríamos tão tristes como minha mãe.

 Numa parede do quarto de ferramentas, a sede de nosso clube, desenhamos um coração e nossas iniciais. Um entre muitos: havia vários corações e várias iniciais nessas paredes antiquíssimas da casa. Então fizemos alguns cortes no polegar com a navalha de meu tio e juntamos os três.

 Depois nos beijamos.

 Era evidente: seríamos pais melhores que nossos pais porque nós, sim, nos amávamos.

 Aqui, uma das empregadas de meus tios, que tinha saído ao pátio para nos dizer que estava frio, viu que nós três estávamos nos beijando e tocando.

 Eles não vêm mais. A piscina está cheia de folhas e pequenos cadáveres de insetos ao redor dos quais eu flutuo, tão imóvel, tão absorto. Às vezes, acho que nem o sol me quer, que o sol furioso dessa cidadezinha filha da puta que torna todo mundo moreno e feliz se esquiva de mim. Eu permaneço tão branquelo e tão deslocado como na cidade.

Quando jogo a bola contra a parede, uma vez atrás da outra, possuído, imagino o motor do furgãozinho de meu tio, o latido de Laika, a risada estridente de María Teresa, uma bola contra o chão — Julio —, minha mãe dizendo ao seu irmão que alegria, e ver, realmente ver, essa alegria nela depois de tantos meses de convívio com outra coisa, outra coisa diferente de alegria. Escutá-la cantar músicas românticas, ir à cozinha fazer limonada, servir sorvete em taças altas onde cabem duas bolas, chantili e um canudinho. Primeiro para o tio, o tio, o tio, o tio. E você pare, não toque, me dá um tapa forte na mão.

Já não acontece nada disso, nem sei o nome dos cachorros que latem lá longe, as taças altas acumulam pó dentro de um móvel. Continuo na piscina, um inseto translúcido que flutua entre outros insetos escuros. Os mosquitos zumbem perto de minhas pestanas. Não me mexo. Quase não respiro. Passo muito tempo sem me mexer e acho que o melhor que poderia me acontecer agora seria morrer, morrer afogado, e que María Teresa e Julio, cheios de sol e de marisco e de novos amigos e do que seja que tenham lá nessa praia filha da puta, tivessem de me prantear aos gritos. A mim, seu amor, seu marido, ao qual abandonaram na maldita casa da cidadezinha com duas mulheres loucas e sozinhas e demoníacas nos únicos meses felizes de todo o maldito ano. Isso não se faz, caralho. Não parariam de chorar até o último verão de suas vidas quando, velhos e encurvados, castigados pela falta de amor e a solidão e a fealdade e a pobreza e a demência, ainda lhes chegaria à cabeça senil esse Felipe amado que se afogou por culpa deles, porque não insistiram, não disseram: papai, mamãe, queremos ir à cidadezinha para ficar com Felipe, nada é melhor que isso, escolhemos Felipe acima de todas as coisas.

Imbecis filhos da puta.

Por fim, não me afogo.

Minha mãe me chama para jantar.

Hoje não me deu vontade de baixar as persianas e o calor está insuportável. A única que pode falar alguma coisa é minha mãe porque a vovó, embora perceba, não reclama: faz alguns anos que ficou com cara de assustada, o ombro caído, e com uma mão, a direita, dobrada sobre a coxa e a outra tapando-a, envergonhada, como se fosse sua vagina. Ali, na cadeira de rodas, a vovó parece pequenina, parece inofensiva. Embora ela fosse uma velha cadela que dava uns tapas na gente com essa mesma mão, a direita, que deixavam nossa cara vermelha durante horas. Julio nos contou que uma vez ela lhe disse filho da puta, eu sei que você não é filho do meu filho, enquanto batia nele. Para María Teresa, um dia que estava de minissaia, ela disse putinha, putinha, putinha, duas putas, você e sua mãe. Para mim, ao contrário, não sei se para agradar ou porque me desprezava, só me dizia: triste, você é muito triste.

Depois da embolia, graças a deus, ela deixou de falar. No começo, escrevia em folhas de papel as coisas que queria, mas essas anotações vinham tão cheias de insultos que mamãe lia suas mensagens emitindo um bip entre as palavras. A velha, que queria sua liberdade de expressão, ficava com os nós dos dedos brancos sobre os braços da cadeira e parecia a ponto de gritar, de expulsar os olhos das órbitas, de provocar um terremoto. Então, se mijava e se cagava toda. Minha mãe tirou o caderninho dela. Deixou-a muda.

Naquela noite, minha mãe disse que não ia jantar, que ia tomar banho, que o calor estava insuportável. Disse também que havia salada de atum e pão na geladeira. Comi com culpa: o calor era culpa minha, a falta de apetite era culpa minha, o jantar ruim e solitário era meu castigo. Sim, pelo lance das persianas. Mas eu não quero ser o menino das persianas, aqueles que abrem e fecham as persianas dessa casa vão embora, morrem,

se esquecem. Não. Não quero. Sinto saudades de meus primos, quero ser o menino que eu era quando eles estavam aqui.
Comecei a chorar.
Esse verão e, possivelmente, todos os verões de minha vida tinham ido à merda.
A casa começou a me dar medo. Todos os homens que já não estavam aqui. Vovô, papai, o tio, Julio. Eu também não quero estar aqui. Não gosto de ser homem. Não se pode ser outra coisa? Não há outro lugar no qual eu gostaria de estar — o passado é um lugar? —, mas também não quero estar aqui.
Subi com um pouco de salada para minha mãe. Ela estava descansando, deitada de costas, ainda molhada do banho e nua embaixo do ventilador. O corpo dela, cor branco-nata como o meu, iluminado por um pouquinho de luz que entrava pela janela, parecia o corpo de uma afogada, como se alguém a tivesse tirado da piscina, já tarde, e a depositado, com as pernas abertas, na cama.
Se minha mãe morresse, eu podia ir embora. Sim. Enfiaria umas coisas na mochila e correria para procurar María Teresa e Julio. Mamãe morta. Afogada. Eu não fechei as persianas.
— Mamãe?
Comecei a chorar de novo. Deitei-me ao seu lado.
Ela abriu os olhos, disse que estava tudo bem.
— Filhinho, meu filhinho, filho do meu coração, venha cá, me dê um beijo.
Eu me aproximei e ela acariciou meu rosto, disse que eu me parecia com papai. Como naquele outro verão com María Teresa e Julio, nossos lábios se tocaram.
— Você saiu daqui — ela me disse, e pôs minha mão em sua boceta molhada.
E bebeu daqui — voltou a dizer, e levou minha mão até seus seios flácidos.

Eu os apertei e os beijei e os chupei, sempre pensando em meus primos e no amor que dissemos que sentiríamos para sempre uns pelos outros.

Escutei sua voz, uma voz que vinha de debaixo da água.

— Você quer casar comigo, filhinho?

Eu disse que sim. Todos haviam me abandonado, então eu disse que sim.

Ao me virar para a porta, parece que vi minha avó ali, em sua cadeira de rodas, sorrindo de uma maneira asquerosa.

Mamãe falava para mim:

— Você saiu daqui, filhinho, entre, daqui, venha.

CRISTO

Quando a febre do meu irmãozinho começou a subir é que tudo isso teve início.

Deixei de ir à escola tantos dias que comecei a achar que nunca tinha ido, que desde que nasci tudo que eu fizera fora cuidar do meu irmão. Eu ficava em casa enquanto ela ia trabalhar e lhe dava as colheradas do xarope cor-de-rosa de hora em hora e do xarope transparente de quatro em quatro.

Ela tinha me dado um relógio de números grandes de presente de aniversário.

O bebê era levinho, levinho. Era como carregar papel de presente amassado nos braços. Não ria. Quase nunca abria os olhos.

Certa noite, um dos amigos da minha mãe fez um buraco na porta do banheiro, cansado de ouvi-lo chorar.

— Faça o bebê ficar quieto — ele dizia à minha mãe. — Faça essa criatura de merda se calar. Faça esse monstro ficar quieto, ele saiu assim porque você é uma puta, mate essa coisa.

Repetia esses palavrões e dava golpes na porta.

Era melhor que batesse na porta do banheiro e não no meu irmãozinho. E não nela. Mas ele batia um pouco nela também.

Não voltamos a ver esse amigo da minha mãe e se tornou mais difícil comprar o xarope cor-de-rosa e o xarope transparente, e ela fazia com que durasse mais misturando-lhe um pouco de água fervida.

Ela apertava as mãos enquanto esperava para tirar o termômetro do meu irmãozinho. Elas ficavam lívidas depois. E ela fazia um barulhinho depois de sacudi-lo no ar e olhá-lo debaixo de uma lâmpada. Um barulhinho com a língua e os dentes. Quando ela não fazia isso, significava que meu irmãozinho estava num dia bom.

Em alguns finais de semana, ela me mandava ficar com meus avós.

Vovô Fernando me levava primeiro ao cemitério para visitar sua mãe morta, Rosita. Depois íamos a La Palma tomar Coca-Cola com sorvete de baunilha. Uma menina com seu avô. De vestido. Sem irmãos. Filha única. Mimada. Tudo isso acabava muito rápido e logo já era segunda-feira.

Uma tarde, enquanto eu assistia ao desenho do *Pica-Pau*, meu irmãozinho começou a chorar. Não fui ver. Era a hora do xarope cor-de-rosa. Não fui dar. Queria ver o *Pica-Pau*. Inteiro. Por uma vez vê-lo inteiro, sem olhar para o relógio de números grandes, sem medir o xarope na colherinha de plástico branco, sem lutar para que ele engolisse e sujar minha roupa e ficar fedendo, como sempre, a remédio. Queria cheirar a menina que assiste ao *Pica-Pau* e mais nada. Eu ria até nas partes que não eram engraçadas. Muito alto, muito alto, como o *Pica-Pau*, para encobrir o choro do meu irmãozinho.

Depois de um tempo, o desenho acabou e começou *Os Flintstones*. Também assisti inteirinho.

Quando fui ver, meu irmãozinho tinha deixado de gritar. Toquei nele. Foi como encostar os dedos numa vela quente.

Chamei a vizinha, e a vizinha chamou minha mãe.

— Você deu o xarope cor-de-rosa pra ele?

Fiz que sim com a cabeça.

O médico lhe mandou um xarope verde e supositórios.

Mamãe me ensinou a colocar os supositórios. Eu não queria. Meu irmãozinho gritava como aquele cachorro marrom que foi atropelado por um táxi na frente de casa e ficou ali estirado, com as tripas para fora, mas vivo. Ele gritava igualzinho, igualzinho.

Cor-de-rosa, transparente, verde e supositório.

No dia seguinte, deixamos meu irmão com meus avós e fomos ao Cristo do Consuelo, que era o bairro negro, o bairro proibido. Minha mãe e eu éramos, ali, como as bolinhas de sorvete de baunilha flutuando na Coca-Cola.

Uma senhora negra, muito gorda, com um turbante vermelho na cabeça, disse à minha mãe que tivesse fé.

— Tenha fé, dona. Esse Cristo é milagroso.

Depois lhe pediu dinheiro, algumas moedas. Por que ela não pedia ao Cristo? Se era tão milagroso, devia estar cheio de moedas, não como nós que, às vezes, andávamos a pé porque não tínhamos dinheiro para o ônibus.

A senhora negra do turbante vermelho vendeu à minha mãe um menininho de brinquedo para ser pendurado nas vestes de cor púrpura do Cristo. Quando entramos na igreja, havia tantos bonequinhos iguais a ele! E coraçõezinhos e perninhas e bracinhos e cabecinhas e outras partes que não reconheci. E fotos e cartas e bilhetes e desenhos. Uma das cartas dizia "me ajude, senhor, tenho só nove anos e câncer".

— Mamãe? — perguntei. — Como Cristo vai saber qual desses é meu irmãozinho?

— Porque Ele é muito inteligente.

O cheiro lá dentro era estranho. Cheirava a coisa velha, a pó, a como quando eu não lavo o cabelo há muitos dias, a abafado, a quando a luz vai embora.

Antes de sairmos, mamãe pegou uma lata de molho de tomate Los Andes e a encheu com água de uma torneira.

— Água benta — disse. — Água do Cristinho, água santa.

Ela me deu um gole, mas não tinha gosto de santa, e sim de molho de tomate e um pouco de ferrugem e pensei que uma água de molho de tomate, como a que colocamos no arroz branco no final do mês, quando está acabando, não podia ser milagrosa. Tinha que ter gosto de doce de leite, de hambúrguer duplo. Não um gosto de pobre. Com aquela porcaria na boca, senti vontade de gritar para todo mundo que eles estavam equivocados, que aqui não havia mais milagre além da senhora do turbante vermelho recebendo moedas por vender pedacinhos de corpo e corpinhos inteiros para pregar no manto de um Cristo que tem gosto de molho de tomate insosso. Ali ficou meu irmãozinho, ou seja, um bonequinho tão deformado quanto ele, rodeado de centenas de outros bonequinhos igualmente horrorosos e cabeças e braços e pernas e corações, como se houvesse acontecido uma explosão.

— Ele tem que ficar aí — minha mãe ficou furiosa.

E eu chorei durante todo o caminho para casa porque me dei conta de que ela também não sabia o que estava fazendo.

Em casa, mamãe deu um pouco daquela água ao meu irmãozinho e jogou-a na cabeça dele. Ele abriu os olhos e mostrou sua boca, seus dentes. Finalmente. Ele nos sorria.

Assim, com aquele sorriso, nós o colocamos na semana seguinte numa caixa branca, pequenina, que o bairro fez uma vaquinha para comprar.

Voltei à escola. Outra vez à quarta série, onde sou enorme e não tenho amigos.

Quando me perguntam se tenho irmãs ou irmãos, penso no menininho que está pendurado no manto do Cristo do Consuelo e digo que não.

Eles não iam entender.

PAIXÃO

Encolhida no chão, você parece uma trouxa que algum mendigo largou aí, sem temer que o roubassem porque não há nada de valor nesse saco sujo. É você. O pó que se levanta das sandálias da multidão — a multidão que corre para ver o espetáculo — cobre-a por completo. Sua boca está cheia de areia e uma pedra pontiaguda é cravada em seu esterno. Alguém a pisoteia. Você continua imóvel. Um cachorro faminto, selvagem, vem cheirá-la. Você continua imóvel. Você pensa em veneno, em raízes amargas assassinas, nas presas afiadas das serpentes do deserto que tantas vezes você segurou, pensa em acabar com tudo rápido.

Você sabe, a única coisa que sabe, é que não poderá viver sem ele. O que não sabe, e nunca saberá, é se ele a amou. Isso é algo que só sabe quem foi amado algum dia. Você não é uma dessas pessoas. Sua mãe foi embora deixando-a catarrenta, magra e nua. Um animalzinho molhado na porta da casa de seus avós.

Ela foi embora procurar homens, diziam eles, dizia a gente da aldeia cobrindo o canto da boca. Usavam para falar dela essa palavra que depois, não muito mais tarde, foi sua, coube em você como um vestido justo, contagiou-a como uma doença.

Você não sabe, também, que sua mãe queria que você se salvasse dela, disso que você herdou e que se parece tanto com uma graça quanto com uma maldição.

A primeira profecia que você cumpriu foi a de "você é igual à sua mãe". Batiam em você para que não fosse igual à sua mãe enquanto gritavam você é igual à sua mãe. Certa noite, por volta dos seus doze, treze anos, você se atrasou na volta de sua ocupação favorita: recolher raízes, ervas e flores para depois, em casa, fervê-las, amassá-las, misturá-las e ver o que acontecia. Você voltou correndo com o alforje cheio, levantando poeira com suas sandálias, sujando a barra da saia e as pessoas, ao verem-na passar toda suada, ofegando, balançavam a cabeça como dizendo "pobrezinha", como dizendo "outra como a mãe".

Ela, sua avó, ele, seu avô, lhe bateram tanto que você perdeu para sempre a audição do ouvido direito e agora manca de uma das pernas. Com uma vara de loureiro — aquela vara de loureiro — rasgaram suas costas, as nádegas, o peito diminuto, até deixar tiras de pele penduradas, como uma laranja meio descascada.

Gritavam, gritavam, e açoitavam, açoitavam. À luz do fogo, suas sombras pareciam gigantes furiosos. Você fechou os olhos. Você se enrodilhou no chão, apertou a pedra cinza que sua mãe atara ao seu pescoço e disse para si mesma "que eles me matem, ou então vão ver".

Mas eles não te mataram.

Você despertou de madrugada quase se afogando com seu próprio sangue. Você cuspiu, vomitou e, com uma dor agonizante, conseguiu se erguer. Devagar, muito devagar, cobriu com um de seus emplastros cada ferida e as envolveu com panos. Você foi até seu alforje, procurou um recipiente e ali, no escuro, misturou com o almofariz várias ervas e raízes, acrescentou algumas gotas de um líquido que brilhou — amarelo — à luz da lua. Seus olhos, também amarelos, se iluminaram como os de um gato.

Isso ninguém viu.

Você pôs o recipiente com a mistura no fogo, sussurrou algumas palavras — que soaram como um cântico, uma reza, um feitiço —, cobriu com a palma da mão sua pedra cinza, pegou suas coisas e foi embora dali.

Quando encontraram seus avós, eles estavam secos, desidratados, esticados como as cobras ocas que às vezes aparecem nas veredas.

Diziam, aqueles que os encontraram, que estavam marrons e que tinham os olhos saltados das órbitas e as mandíbulas inumanamente abertas.

Diziam, aqueles que os encontraram, que pareciam ter morrido de terror.

Seu paradeiro se perdeu durante muitos anos. Mais uma menina perdida num mundo de meninas perdidas. Alguns diziam que você havia se unido aos nômades e percorria as aldeias dançando e mostrando os peitos por algumas moedas. Outros asseguravam que você tinha matado uns homens que queriam roubar o pingente — a pedra — de sua mãe. Outros ainda estavam convencidos de que você havia morrido leprosa, destroçada e sozinha. Que alguém que conhecia alguém que conhecia alguém a tinha visto agonizante num leprosário, trancada numa masmorra com outros assassinos, dançando sem roupa diante de homens excitados.

Na verdade, ninguém se importava com sua vida e a única coisa que queriam saber era que diabos você tinha feito com seus avós para que amanhecessem secos como galhos.

Começaram a chamá-la também de outra coisa, como sua mãe, e a usavam, usavam seu nome, para assustar as crianças.

Um dia lhe disseram que ali, naquela terra maldita que você tinha jurado não voltar a pôr os pés, havia um homem especial e que você devia conhecê-lo. Você nunca poderá dizer claramente por quê, mas desfez o caminho percorrido durante tantos anos. Você andou por quilômetros e quilômetros, despedaçou suas sandálias e chegou certa manhã, descalça, o cabelo emaranhado, a pele queimada.

Ele parecia estar esperando por você. Pediu uma tina de água limpa e se ajoelhou para lavar, com uma delicadeza quase feminina, seus pés sujos e cheios de chagas. Você nunca poderá dizer claramente por quê, talvez porque esse tenha sido o único ato de ternura que já lhe haviam dedicado — a você, criatura das surras, filha da brutalidade, princesa das noites que terminam com as mulheres sangrando —, mas naquele instante você tomou a decisão de oferecer sua vida a ele, de fazer o que ele quisesse, o que fosse, de ser barro nas mãos dele, ser sua, sua escrava.

Ele perguntou seu nome e o repetiu com uma doçura que fez com que você chorasse as primeiras lágrimas, suas lágrimas, menina, que se tornariam lenda. Então ele estendeu a mão e secou-lhe as lágrimas e disse — sim, você não está inventando, ele disse — que a amava.

Disse: eu te amo.

Já não havia como voltar atrás. A órfã, a humilhada, a maltratada, a aleijada, a meio surda, a puta, a assassina, a leprosa já não existiam — nunca mais existiriam.

Era você diante dele.

E você diante dele era uma mulher extraordinária. A melhor das mulheres.

E se um cachorro, que é um ser de pouco entendimento, segue fielmente a quem lhe acaricia a cabeça e o lombo, como você não ia segui-lo até mesmo ao inferno? Como não faria até o impossível para fazê-lo feliz, para ajudá-lo a cumprir suas promessas? Assim, como um cachorro agradecido, você se sentava aos pés dele e ficava observando-o, escutando-o enlevada, louca de amor, como se da boca dele saíssem uvas, mel, jasmim, pássaros.

Às vezes, enquanto ele contava suas doces histórias de pescadores e pastores, você apertava a pedra cinza de seu peito e apareciam mais vinte, trinta, quarenta pessoas a escutá-lo como você: com devoção infantil, como se ele fosse um mago, como se de sua boca saíssem pássaros e mel.

Você sabia que isso o fazia feliz.

E então, muita gente começou a segui-lo. Ele mudou. As histórias se tornaram receitas; os relatos, ordens. Ele começou a falar de coisas que você não entendia, que na verdade ninguém entendia, coisas mágicas, santas, talvez sacrílegios. Para você, nada disso importava.

Os outros já não deixavam que você o tocasse — com exceção da túnica, das sandálias —, e ele já não visitava sua tenda com tanta frequência, com tanta urgência. Restava a lembrança de seu cheiro de homem do deserto que não saía de suas narinas, de seu corpo, de seu vestido. Um cheiro que nunca desapareceu, que até o último instante de sua vida a fazia tremer. Ele era seu, agora um enviado dos céus, dizia, mas seu. E você era dele. Por isso você apertou a pedra em seu pescoço quando ficaram sem vinho naquelas bodas e você fez aparecer peixe e pão onde não havia nada mais que pedras e areia — porque em sua solidão, você aprendeu que a água, as pedras, a areia lhe obedeciam.

Por isso você também aplicou, sem que ninguém a visse, sem que ninguém quisesse vê-la, seu unguento nos olhos brancos do mendigo, que os abriu e disse "milagre", e você se escondeu no sepulcro daquele homem para inflar seus pulmões mortos com o sopro da vida — na ocasião você invocou forças que não devia, a morte é a morte, mas é muito tarde para se arrepender — e conseguiu que o cadáver se levantasse, que andasse e que ele se preenchesse — mais, cada dia mais — de glória.

Mas isto você não ia permitir. Que ele morresse. Não: que se deixasse matar. Isso você não ia permitir. Você tentou impedir, falou-lhe do unguento, das pedras que se tornaram alimento, do vinho que era água, dos olhos brancos, vazios, daquele mendigo, do cadáver que andou, da pedra que você carrega no pescoço, das forças que você invocou, infinitamente mais poderosas que você e ele. Mas ele não acreditou em você. Ele a pôs de lado com violência — ele, com violência —, e você caiu, e ali do chão, você olhou para ele e viu deus. Esse homem era seu deus. E ele disse que você era mentirosa, disse que você era impostora, disse que você era louca, e ele falou:

— Afaste-se das minhas vistas, mulher.

Se um cachorro permanece na porta daquele que lhe dá migalhas de pão e mostra as presas, disposto a despedaçar qualquer um para protegê-lo, como você não ia defendê-lo até mesmo de si mesmo, de sua própria convicção? Por isso, no dia em que o levaram e lhe fizeram todos aqueles horrores, você apertou a pedra e o céu se carregou até se converter numa massa de lava cinzenta, e seu pranto — ai, seu pranto — fez com que as pessoas há milhares de quilômetros começassem a chorar, fazendo amor, lavrando a terra, lavando a roupa num rio, em sonhos.

Quando a cabeça dele pendeu sobre o peito, inerte, você se enrodilhou toda e as pessoas pisotearam-na e um cachorro selvagem a farejou e você pensou em venenos e quis morrer ali mesmo, mas então você começou a chorar. E seu pranto, mulher de lágrima viva, fez uma poça na qual você molhou seu vestido como se fosse um sudário, e nua, sem que ninguém a visse, sem que ninguém quisesse vê-la, você se enfiou no sepulcro no qual, horas depois, o depositariam: esquelético, ensanguentado, mortíssimo.

Com suas costas pregadas na pedra fria, seu corpo pálido, de moribunda, você o viu se levantar e sorriu para ele. Usava no pescoço a pedra cinza, ou seja, usava sua força, seu sangue, sua seiva. A luz que entrou no sepulcro quando ele mexeu a pedra lhe permitiu vê-lo pela última vez: belo, divino, sobrenaturalmente amado.

Ele olhou para você, você está quase certa de que ele olhou para você, e com seu último alento — você estava morrendo — você disse algo a ele, você o chamou, estendeu a mão. A palavra amor pendia no teto como uma estalactite. Mas ele continuou andando ao encontro de seus fanáticos que gritavam, que se jogavam na areia de joelhos, que cobriam o rosto com as mãos.

E não voltou os olhos para trás.

LUTO

Pela primeira vez na vida, Marta se sentou à cabeceira da mesa e fez com que sua irmã, limpa, vestida com linho branco e ungida com óleos perfumados, se sentasse à sua direita. Trouxe mais vinho antes que a bilha anterior acabasse e, sem dizer as preces, devorou o frango, as coxas gordas do frango com sua casca crocante, caramelada, saborosa, que nunca, jamais, tinham sido para ela. Olhou para Maria, que parecia uma bárbara destroçando com os dentes o peito, as coxas, o traseiro, e teve um ataque de riso. O riso do vinho e da liberdade. O riso que se desata só de se sentar à cabeceira da mesa e de comer a gordura dourada do frango e de ver a bela Maria: a boca e as mãos sujas, e com essas mesmas mãos gordurosas pegar a taça para beber uma grande golada de vinho com a boca cheia. Vinho. Dupla de libertinas. Teve vontade de dizer a Maria, olhe pra nós, olhe pra nós, nem parecemos nós mesmas, tão cheias de gozo, hoje que deveríamos guardar luto, hoje que a casa deveria estar coberta de panos pretos. Ficamos sozinhas, minha irmã, mais que sozinhas: sem um homem em casa, e deveríamos estar tremendo como filhotes de cadela morta.

Mas não disse nada. Sorriu-lhe. E Maria lhe devolveu o sorriso com os dentes cobertos de pedacinhos de carne escura. Elas se saciaram e continuaram comendo apenas para ver o que acontecia, e já com a barriga cheia saíram para o pátio abraçadas pelos quadris. A noite estava estrelada. Os animais dormiam, os escravos também. O mundo inteiro dormia um sono áspero, intoxicado. Havia comida, havia água, havia terra, havia teto. Marta quase pôde sentir na atmosfera o cheiro do mar das férias, quando os pais ainda eram vivos, quando ele não era ele, e sim mais um deles: três crianças correndo pela praia e voltando a cada instante, olhe mamãe uma concha, olhe papai um caranguejo. Tempos bons, sim, o ar tinha um aroma de dias bons quando o pai não voltava azedo e batia em qualquer um que atravessasse seu caminho com uma vara de couro fininha que abria a pele em silêncio, como se não fosse nada, até que o sangue saía como uma surpresa vermelha e a dor aguilhoava. Começava pela mãe, continuava no irmão e seguia para Marta, que dava um jeito de esconder Maria da varinha. Esse pai os convertia em outras pessoas, em outra família. Talvez nem sequer fosse possível usar esta palavra sagrada: família. Nos dias do pai hediondo, alcoolizado, eles se enfiavam embaixo da cama e a mãe gritava e, às vezes, ele trocava a vara pelo chicote e esse, sim, avisava a dor que vinha vindo, com um tchas, tchas, tchas no ar.

Marta abraçou mais sua irmã Maria, agora de frente para ela, agora olhando para sua cara de menininha envelhecida, no entanto tão bela, com aqueles olhos raros, verdes, tão perturbadores. Enxugou suas lágrimas com os lábios e disse que a amava, e disse também que a perdoasse. Maria sabia do que ela estava falando. Então, cheia de vinho e de frango e da noite libérrima, Maria tirou o vestido, fechou os olhos e abriu os braços para que sua irmã a visse inteira, nua, como se estivesse na cruz. Para que visse o que as pessoas são capazes de fazer quando ninguém as detém. Para que entendesse, nos talhos da pele, que a crueldade sempre triunfa diante do desamparo. Alguém havia escrito com um objeto pontiagudo a palavra puta em sua barriga; alguém havia pisoteado sua mão direita até convertê-la num penduricalho; alguém havia mordido seus mamilos até quase arrancá-los, deixando-os pendentes por um pedacinho de pele de seus peitos redondos; alguém lhe enfiara arreios no ânus deixando-lhe uma hemorragia perene; alguém produzira nela um aborto a pontapés; alguém, ninguém, fizera nada durante os dias em que ela ficou inconsciente e os ratos, com seus dentinhos esforçados, começaram a comer suas bochechas, seu nariz; alguém, certamente seu irmão, deixara suas costas estriadas de tantas chicotadas. Tchas, tchas, tchas.

E infecções, chagas, podridão, sangue, fraturas, anemia, doenças venéreas, pústulas, dor.

Marta se ajoelhou diante de sua irmã. Levantou seus braços abertos para ela e sussurrou-lhe dez, trinta, cem vezes, nunca mais, nunca mais, nunca mais. E se arrependeu de estar viçosa, de estar imaculada, de estar viva. E chorou, e cuspiu no chão, e amaldiçoou o irmão. Amaldiçoou a sepultura do irmão e seu maldito nome, e seu maldito caralho, e seu maldito corpo que já devia estar começando a apodrecer. E abraçada aos joelhos fracos, cheios de crostas, de sua irmã, disse:

— Não tenho outro deus além de você, Maria.

Então a porta se fechou de um golpe e as duas deram um grito. Caralho, o vento. Maria se vestiu e entraram na casa, de repente inóspita e gelada como uma cova. Ao aproximar a vela da mesa, perceberam que aquela espécie de casca sobre os restos do frango eram dezenas de grandes baratas castanho-escuras que começaram a correr pela mesa fazendo um barulho estalado de folhas secas. As duas gritaram como se tivessem visto uma aparição. Marta disse que para isso, e só para isso, é que se necessita de um homem em casa, e Maria, que tinha subido numa cadeira e puxado as saias até a cintura, começou a rir como uma possessa e a responder que não, que preferia as baratas, todas as baratas do mundo, do que ter um homem em casa. Então pulou com os dois pés descalços no chão e caiu, com precisão, um pé em cima de cada uma, sobre duas baratas que se abriram como uma caixinha e soltaram um sumo esbranquiçado. Marta dizia que se calasse, que iam escutá-las, mas também ria de que uma bobeira como essa as tivesse feito gritar assim e de que sua irmã estava sem calcinha no meio da sala e de que não precisavam de um homem, muito menos daquele homem, e, enquanto isso, não parava de mexer as pernas e sacudir o vestido caso algum bicho pensasse em subir em cima dela, e parecia que estava dançando, e se alguém as tivesse visto: uma nua da cintura para baixo, puro riso, matando baratas, e a outra dançando como uma qualquer, nunca pensaria que há apenas quatro dias, quatro, um irmão, o único irmão dessas duas mulheres, tinha morrido.

Mas era isso.

Ele estava doente há tempos, diziam que era algum mal que tinha trazido do deserto. Que trouxera de alguma mulher do deserto, pensava Maria, mas jamais comentou com sua irmã nem com ninguém. Ela já havia visto coisas assim: homens saudáveis com o pé na cova em questão de meses, com as vergonhas pretas, queimadas como a palha do arroz, e delirando sobre o demônio ou o sabor dulcíssimo das tâmaras de alguma terra que não existe. Maria estava certa de que seu irmão tinha morrido de pecado, mas quem acreditaria nela? Era ela quem carregava esse peso, não seu irmão; sim, claro, seu irmão perfeito: puro como as águas do céu. Maria tinha boa memória. Lembrava-se do dia que seu irmão a expulsou da casa principal e a mandou dormir depois dos escravos e das baias, num estábulo escuro e destelhado. Sua irmã puta não merecia dormir em linho nem em seda bordada como Marta, a irmã boa, a irmã mística. A puta merecia dormir entre os ratos e sobre esteiras de palha fétidas. A puta, aliada do maligno, tocava-se entre as pernas e gemia. Nisto consiste ser puta: em gostar do gozo. Uma vez a viu. Entrou no quarto e encontrou Maria com a mão entre as pernas. Nesta casa não entra nenhuma puta, disse. Isso foi tudo. Naquela noite, prendeu-lhe num cocho e sob o céu estrelado partiu sua cara a pontapés. Quando Marta saiu para pedir piedade, ele levantou a mão e disse que, se ela desse mais um passo, ele a mataria. Vou fazer a mesma coisa com você, disse-lhe, mas também vou te matar. Quem defende uma puta também é uma puta, gritou. E então Marta ficou ajoelhada sobre o chão empoeirado do pátio vendo seu irmão golpear sua irmãzinha até quase destroçá-la.

Agora estavam as duas sozinhas. Marta tinha ido dormir no quarto do irmão e o seu, melhor, tinha ficado para Maria. Agora era o tempo de mimá-la, de adorá-la, de glorificá-la. Lá naquele estábulo a tinham violado — ela, que era virgem — todos os escravos, inclusive aqueles que até uma semana antes a chamavam de menina Maria. Por lá desfilavam os homens, jovens e velhos. Ali, sobre ela, nascia e morria a sexualidade da aldeia. Ali, ele a havia maltratado e penetrado pelo ânus e pela vagina e torturado, ele que se dizia puro, que se dizia homem de deus, que era amigo querido daquele, o mais santo dos santos, aquele que quando vinha à casa deixava tudo em alvoroço e do qual Maria lavava os pés empoeirados e calosos com perfumes exóticos, divinos, únicos.

Marta sabia disso porque mais de uma noite o seguira e o observara com os olhos paralisados de terror. E depois, quando os fechava, voltava a vê-los outra vez e outra vez e outra vez. Irmão sobre irmã. Maria como um corpo morto, os olhos fechados, movendo-se com a inércia do impulso, como um cadáver pálido — uma mosca sempre percorrendo sua boca, seus olhos, as fossas nasais — ainda manchado de sangue, e ele, ele olhando para todos os lados como um delinquente, caminhando sob o luar de volta para a casa principal, com o pau manchado com aquele mesmo sangue. Será que Maria estava com as regras? Ou será que estava tão devastada por dentro que já não havia carne, e sim hemorragia? Nem o céu nem a terra voltariam a ser iguais. Irmão sobre irmã, como nas profundezas das trevas.

Isso aconteceu muitas, muitas, muitas noites.

O catre onde sua irmã jazia — quase morta, mal viva — era um muladar de excrementos onde os bichos se proliferavam e que, para alguns homens, embora de graça, embora fácil, já era muito repulsivo. Um corpo putrefato, desagradável, pestilento. Maria, a doce e formosíssima Maria, a dos olhos como gemas de montanhas distantes, filha do mar e do deserto, era agora asquerosa para o mais seboso dos forasteiros. Às vezes, alguém muito necessitado lhe jogava um balde de água por cima do corpo e assim, molhada, tomava o cuidado de não tocá-la demasiado enquanto a penetrava rápido, com violência, como se fosse uma cabra.

    Marta não podia cuidar de sua irmã. As paredes tinham olhos e bocas e línguas parecidas com as das serpentes. Na mesma hora contariam a ele, e ele faria o mesmo: colocaria as duas, uma ao lado da outra, no mesmo catre, no mesmo inferno. Ela podia dar uma moeda a alguma serva para que levasse um balde d'água e uma esponja e lavasse o corpo machucado, roxo e sanguinolento de sua irmã, mas fazer isso não era seguro. Era preciso ter fé. Fé na serva. Fé no escravo que lhe levaria um pouco de peixe, leite e pão. Fé no sentinela que impediria, também por moedas, que todos os homens do povoado continuassem a usando. Ao menos durante aqueles dias do mês. Ao menos durante os dias santos. Ao menos hoje. Fé no menino que levaria um bilhete que dissesse aguente, nós duas vamos embora daqui. Mas nada além de fé, o mais doentio dos sentimentos. A fé não serviu, por exemplo, quando o amigo do irmão, o mais santo dos santos, os visitou e perguntou por Maria e seus olhos de pedra preciosa e recebeu desculpas, e ele voltou a perguntar por Maria e seus olhos de um verde de outro mundo e o irmão não pode fazer nada além de levá-lo ao estábulo imundo onde a mantinha estirada, meio desnuda e manchada de todo excremento, aberta, numa posição mais infame que a de um animal esquartejado e aquele homem, o mais santo dos santos, começou a chorar e a gritar e a perguntar e a agitar o irmão como dizendo ninguém poderá perdoá-lo pelo que você fez aqui, solte-a agora mesmo, estúpido sádico maldito louco. Mas o irmão não disse nada além de ela é pecadora, senhor, ela é a mais pecadora das mulheres. Eu a vi. Goza do pecado carnal, senhor. Ninguém me disse. Tive o desprazer de presenciá-lo, senhor, é repugnante. E se eu soltá-la, então as outras irão acreditar que isso pode ser feito sem consequências, que podem fazer assim.

E então o homem, ao qual Maria tinha lavado os pés com seu próprio cabelo, se pôs de joelhos, rezou por ela durante um tempo, alguns minutos, e entrou na casa para jantar e beber com os rapazes. Quando estava indo embora, disse ao irmão, depois de abraçá-lo: você deveria soltá-la. A voz soava chorosa, talvez embriagada. E o irmão, mexendo muito a cabeça, olhando para baixo, disse que sim, senhor, será feita sua vontade. Marta saiu a seu encontro, pôs-se de joelhos: por favor. É a casa do seu irmão, o santo respondeu a Marta, eu não posso me impor a ele, o respeito a um homem é demonstrado respeitando sua casa, mas já lhe disse que ele deve soltá-la e vou rezar para que assim se faça. Você deve ter fé, disse a Marta, fé, Marta, fé, antes de desaparecer no deserto.

Para Marta, essa palavra já tinha gosto de merda na língua.

E Maria continuou no estábulo.

Quando o irmão ficou doente, Marta — à qual todos elogiavam por sua entrega, sua disponibilidade, suas habilidades, seus cozidos, sua ternura, suas infusões — se empenhou em cuidar dele. Ela o alimentava, limpava, medicava e inclusive aplicava unguento branco em suas partes íntimas em carne viva. Tudo aquilo que um observador pudesse confundir com carinho era realizado com um ódio profundo. Aos olhos alheios, Marta era pura delicadeza, mas quando estavam sozinhos, ela o alimentava com caldos frios, gelatinosos, sempre com um pouco de estrume fresco, areia ou minhocas que pegava no quintal e que enfiava, tomando cuidado para não ser vista, numa caixinha. No momento da limpeza que fazia no corpo do irmão, que havia se convertido numa chaga púrpura, sanguinolenta e cheia de pus, começava sendo terna, com água morna, azeite de coco e esponja do mar e de repente, sem aviso, sem mudanças na respiração, se tornava feroz. Marta trocava a esponja do mar por palha de aço e esfregava os braços para cima e para baixo como se lixa a madeira. Finalizava seu polimento com álcool. Era imaginativa, podia verter cera quente nas feridas ou então cânfora, urtiga, limão. Depois saía do quarto e ficava sentada numa cadeira ao lado da porta, com as mãos cruzadas sobre o regaço, piedosas, e os olhos muito fechados, enquanto lá dentro seu irmão se contorcia de dor e fazia ruídos espantosos, surdos, porque já não podia gritar: a doença havia arrebatado sua língua e no lugar dela tinha deixado uma espécie de carúncula rosa que se movia dentro da boca desdentada com um quê de monstruoso e lascivo.

Qualquer um que tivesse visto Marta acreditaria que orava pela melhora de seu irmão enfermo, mas ela estava rezando para que ele morresse lentamente, com a maior dor possível.

Um dia o homem morreu. Não foi fácil nem foi rápido, os estertores horrorosos duraram horas. Estava com sede e ninguém lhe deu de beber. Marta fechou as portas e as janelas e, como se fosse um espetáculo, sentou-se para vê-lo morrer. Deixou-o agonizar em solidão, apesar de o irmão estender sua mão esquelética para ela, talvez pedindo companhia, contato. Que pusesse uma mão viva, como se fosse cobrir um passarinho, sobre sua mão quase morta, que enxugasse seu suor e que vertesse sobre sua testa ao menos um par de lágrimas, dois diamantes pequenos, para que ele as entregasse a seja lá o que for que estivesse do outro lado da morte. Os agonizantes gemem, agitam-se, choram: temem que tudo o que se disse sobre o céu e o inferno seja mentira. Ou que seja verdade.

Quando o homem, por fim, ficou imóvel, a boca escancarada e os olhos muito abertos, como se lhe tivessem contado algo engraçadíssimo, Marta se levantou muito devagar, abriu a porta, percorreu os cômodos, saiu para o pátio e com toda a teatralidade do mundo se jogou ao chão e gritou e gritou e gritou até que vieram todos os vizinhos. Ela tapava o rosto com as mãos, não havia pranto. Estava iluminada como um astro. Maria escutou o grito e seu coração paralisou. Depois fechou os olhos, infestados de ramelas, e voltou a abri-los muito devagarinho, como um recém-nascido. E, como um recém-nascido, começou a gritar chamando sua irmã.

Ao fim de quatro dias, quatro, apareceu no povoado o amigo, o homem santo, e então Marta teve que fingir, dizer não, não, não, e chorar seu pranto sem lágrimas pelo irmão morto. Se você estivesse aqui, disse a ele porque não lhe ocorreu outra coisa. Se você estivesse aqui. Mas sabia que essas palavras eram tão ridículas quanto pêsames, quanto uma oração. O que foi, foi. O que é, é. Então o amigo, o homem santo, pediu que o levassem ao sepulcro e ali o deixaram, de joelhos, chamando ao morto como se chama alguém do umbral de sua casa, como se do outro lado da pedra tivesse restado ainda alguma vida para escutar.

Marta deu de ombros diante de semelhante insensatez e voltou à sua casa, à festa de sua irmã livre, à vida.

Naquela noite, enquanto Marta e Maria comiam cordeiro, uma batida na porta as sobressaltou. Deve ser o vento. O vento nessa época, tão terrível. Continuaram comendo até que Marta e Maria, ao escutar o ranger da porta, levantaram a cabeça e viram que ela cedia à pressão de uma mão. Ela se abria.

Primeiro entraram as moscas e depois o irmão morto, rodeado de um cheiro nauseabundo. Abria e fechava a boca, como se estivesse as chamando pelo nome, mas nenhum som, apenas vermes, saía de sua boca desdentada.

ALI

A dona Ali era excêntrica, excêntrica até na generosidade. Quer dizer, ela não nos dava comida passada ou roupa velha. Ela nos dava coisa boa. O mesmo que ela comia ou vestia. Bòm, sua roupa ficava enorme em nós, mas ela mandava reformar antes de nos dar. E quando ela viajava, nos trazia roupas novas, bolsas, maquiagem, lembrancinhas, como se nós fôssemos parentes dela e não empregadas. A dona Ali era assim. Ela pedia comida e perguntava o que nós queríamos porque, como ela dizia, a gente podia não gostar de algo, podia ficar doente, né? Nós nunca tínhamos pensado nisso. As patroas mandavam qualquer coisa pra nós, e a gente comia sem pestanejar. Ou, por exemplo, quando íamos ao supermercado, ela nos dava sua carteira. Assim, nas nossas mãos, a carteira. Ou seja, era excêntrica, mas uma excentricidade boa. Ah, dona Ali, a senhora é muito boa, dizíamos a ela. As outras empregadas nos contavam que as patroas lhes davam frutas já passadas, a carne meio suspeita, os abacates pretos, que serviam apenas pro cabelo, ou o sapato com o salto quebrado, as calças com o meio das pernas descosturado, os cremes que já haviam passado da validade. Isso, porcarias. Ainda assim: obrigada, patroa, sim, muito bonito, muito bom, patroa. E também inspecionavam as carteiras e as bolsas na hora de ir embora e às vezes até debaixo da saia pra ver se elas tinham enfiado alguma comida na calcinha. E lhes diziam, se vocês não fossem tão ladras, não teríamos que nos passar por policiais, fazendo todas essas coisas. Diziam tudo isso apalpando-lhes lá embaixo ou passando a mão pelas pernas por cima das calças ou fazendo-as esvaziar a bolsa no chão.

As outras empregadas diziam com inveja: então a gordinha é bem legal, né? As gordas são as melhores. Quem me dera achar uma gorda. Essas magrelas são muito miseráveis. E são ruins.

E só pensam em emagrecer, tomam esses remédios. Marlene, onde estão meus remédios? Já vou levar, patroa. O que será que essas pílulas têm? Porque essa dona anda bem louca, com os olhos saltados, parece uma coruja. Ai, a minha, às vezes, quando vai ter um compromisso, passa dias de dieta, comendo queijo branco com água, e se você diz bom dia, patroa, ela quer arrancar seus olhos, e se não diz, também. A minha vomita: pede uma pizza tamanho família, chocolate, batata frita, se tranca, come tudinho e depois ouço ela vomitando sem parar. A pobre Karina, a faxineira, é quem tem que limpar tudo aquilo e não recebe nem um obrigada nem nada. Não, pois você não vê que elas nos pagam? O básico, mas nos pagam. Pois os avós delas não pagavam as empregadas, eram, como se diz, seus donos. Eles as traziam do campo, as próprias mães as entregavam, e lhes davam casa e comida e obrigada, patrão, papai do céu que o abençoe e lhe dê muitos anos de vida. Sonia trabalhou com uma que era uma bêbada e tomava pílulas e dormia o dia inteiro e quando levantava, ficava furiosa e dava uns sopapos na Sonia, que se interpunha entre ela e as crianças. Quando a mandou embora, como essa Sonia chorava, porque, ai, ela adorava as crianças, diz que as criaturinhas choravam, não vá embora, Sonita, não deixe a gente aqui sozinha, Sonita. E o bebê berrava como se a mãe estivesse o abandonando, uma lástima, porque a Sonia era realmente a mãe desse menininho. Sim, isso aconteceu aqui do lado, no condomínio aqui do lado, o do lago. O homem tinha um cargo bem importante no governo, acho que era prefeito, uma coisa assim. E depois com as amigas: tudo perfeito, tudo divino, tudo um sonho. Essas risadinhas, né? Cobrindo a boca. A cara que elas fazem, falsas de tudo, com as porcarias que se injetam que ficam como espantadas, mais parecem de plástico essas mulheres, os olhos arregalados, os lábios como de sapo. Ficam inchadas, horrorosas, como se estivessem drogadas, mas pagam uma nota por isso. Nas festas, contratam garçons com luvas brancas. Deve ser pra que não toquem com as mãos escuras a louça branca, e põem umas toalhas nas mesas que custam mais do que nós ganhamos num ano. E entopem as mesas com aquele peixe cru rosado. E espalham flores por toda a casa. E tomam banho de perfume. Deve ser pra disfarçar o cheiro de vômito. O cheiro de pijama e lençóis sujos, cagados, menstruados, peidados, de quando não se levantam por vários dias. Ninguém as vê assim, quando a gente tem que ir, devagarinho: patroa? É o seu marido no telefone, quer saber se a senhora já levantou. Diga-lhe que sim, que eu estou no banho. Não quero que me incomodem, Mireya, vá com o motorista pegar as crianças e dê o almoço pra elas e pelo amor de deus, que não entrem aqui, ouviu? E as crianças já nem perguntam pela mãe. No começo, sim, mas depois já vão pra cozinha sozinhas. E contam as coisas pra você, o futebol, as provas, os amigos e amigas, do que gostam e o que detestam. As coisas que lhes passam pela cabeça e pelo coração e você também lhes conta e, no fim, são como seus filhos. Elas vão crescendo na cozinha, comendo com você, até que se tornam grandes e começam a achar estranho gostar tanto de você, embora no fundo saibam que a mãe delas foi você, e elas olham pra você um dia e não sabem se começam a chorar e correr pros seus braços como quando eram pequenas e caíam ou a cumprimentam com a cabeça porque já são mocinhos e mocinhas da sociedade que sabem que não se cumprimenta os empregados com beijos e abraços.

    A gordinha era uma boa mãe, então?

    Sim. A dona Ali era uma mãe excelente até um pouco antes do fim. Então deu a louca nela e já não era mais, não era. Não conseguia ficar perto do Mati, nem tocava nele. Nós não podíamos acreditar, uma criatura assim, como um menino deus, com aqueles cachinhos dourados e a carinha redonda, um anjinho, correndo pra abraçá-la, e ela com uma voz já esquisita, muito estridente, como quando você pisa num rato, nos chamava aos gritos. Como se estivesse correndo perigo de ser morta. Pela criaturinha. Seu bebezinho. A Alicia já era maior e aquela menina sempre foi bem inteligente, rápida, muito esperta. Com aqueles olhos azuis que abarcavam tudo. Que fantásticos os olhos daquela menina, era como se olhassem por dentro de você inteirinha. Parecia que tinha visto na mãe uma coisa feia porque soube na hora. De primeira. Então já não entrava no quarto onde ela estava. Deixou de pensar que tinha mãe: já se via como uma menina órfã, brincando sozinha e se encarregando do irmãozinho, dava vontade de morrer de pena quando a gente olhava pra ela, tão séria, vestindo-o ou dizendo-lhe que deixasse de chorar por besteiras, que crescesse. E o patrão, bom, o patrão fazia o que podia com sua gordinha louca, saía pra trabalhar como todos os patrões do condomínio, todos às oito em ponto, todos com um carro 4 x 4, todos com camisa e calça passadas por nós. E aquela cara de tristeza que doía a alma. Ele também já se sentia viúvo, com seus filhinhos de mãe louca. A dona Ali, desde que começaram os ataques, a loucura, dormia no quarto de hóspedes e nos pedia que levássemos sua comida na cama. Mal via o patrão. Quando se topavam na casa, ela lhe perguntava que foi? e ele tentava abraçá-la, mas ela não deixava, dava seu gritinho de rato pisoteado e voltava pro quarto de hóspedes e ele ficava do lado de fora, parado sem fazer nada, por um bom tempo, às vezes com a mão na porta. Nós tínhamos pena dele. Nós tínhamos pena de todos, na verdade. A dona Ali cheirava mal, pobrezinha. O Mati não dormia bem à noite. A Alicita quase não falava e o patrão não sabemos, trabalhava até tarde e nos dizia obrigado, obrigado. Quando vinha a mãe da dona Ali, a dona Teresa, aí sim era terrível. Ela a obrigava a tomar banho, a cortar as unhas, a se depilar, a lavar toda a sua roupa, a arejar o quarto. O condomínio inteiro ouvia os gritos. Vinha o motorista da dona Teresa pra ajudar a levantar a dona Ali e a presença daquele homem a enlouquecia como se ele fosse o próprio diabo. Todos nós terminávamos arranhados e mordidos e chorando porque a dona Ali, quando via o homem, ficava transtornada, se tornava um touro aterrorizado, cem quilos de banha enfurecida. Praticamente era preciso amarrá-la pra levá-la ao banheiro. Quando o motorista ia embora, a dona Ali parecia ficar um pouco mais tranquila, e se nós percebíamos isso, não entendemos como a mãe, a dona Teresa, não entendia, e trazia sempre o homem com ela. Nós tínhamos proibido o motorista e o jardineiro e o limpador das janelas e o menino que trazia as compras do supermercado e o professor de natação da Alicia e qualquer outro trabalhador que entrasse na casa quando a dona Ali estivesse acordada porque já tínhamos visto como ela ficava quando via homens. Dona Ali, o que é? O que é? O que aconteceu com a senhora?, perguntamos das primeiras vezes, quando começaram os ataques e ela, às vezes, não sabia do que estávamos falando e, às vezes, dizia tranquem, tranquem a porta, não durmam com a porta aberta, tranquem minha filha, fechem bem, que ninguém tenha a chave da minha filha, tranquem a Alicia, e se punha a fechar cem vezes a fechadura da porta do seu quarto. Mas a mãe não. Que deus nos perdoe, mas essa mulher parecia cega, estúpida. Nem sequer falava com a dona Ali. Só vinha pelo negócio da perna e só perguntava pela perna, mas qualquer tapado teria percebido que o menor problema da dona Ali era o joelho, o jeito besta que ela caiu na piscina e os frascos e frascos de remédio pra dor que começaram a dar a ela, alguns receitados pelo médico e outros não. Nós, na cozinha, falávamos de procurar outros médicos, doutores de cabeça, dos loucos, mas quem ia escutar as empregadas? A patroa já não era a mesma pessoa, a cada dia ficava mais diferente. Só nós parecíamos ver isso. Não era a perna, por que continuavam falando da perna? Por que se concentravam na perna, na perna, na perna? A perna estava melhorando, mas ela, quem era? Ela costumava pôr seus filhos na cama e ver filmes e comer pizza ou desenhar ou brincar com massinha ou inventar peças de teatro ou levar todos nós pra comer hambúrguer ou de fazer um dia de fantasia. Ela costumava cuidar das suas plantas, comer cereal colorido no café da manhã como seus filhos e olhar o Mati dormir e depois dizer, vocês acreditam que eu consegui fazer algo tão precioso? Ela não era essa mulher que fugia do marido e dos filhos, monstruosamente gorda, que cheirava mal e que abria e fechava a porta quarenta vezes por dia. Não, essa não era nossa dona Ali. Um dia veio o pai dela, o seu Ricardo, sem avisar. Abrimos a porta, ele perguntou pela filha e nós dissemos que estava no quarto de hóspedes. Fomos pra cozinha fazer um café pra ele quando escutamos a batida violenta na porta principal. Corremos pro quarto da patroa e lá estava ela: os olhos como dois pratos, uma mão agarrada ao lençol embaixo do pescoço e na outra uma tesourinha de cortar unha. Apontava pra porta. Seu braço tremia de cima a baixo. Dona Ali? Ela começou a gritar. Vá embora, vá embora, vá embora. Quem? Seu pai? Já foi embora, minha linda. Vá embora. Tranquem a porta, por favor, que ele não volte a entrar. Tranquem tudo, passem a chave, que não se aproxime das meninas, que não se aproxime da Ali, que eu vejo muito bem, eu vejo muito bem e eu ouço muito bem e eu sei muito bem. Sabe o quê, dona Ali? Vê o quê? Começou a gritar que lhe doía. Dói o quê, querida? Onde? A tesoura sempre apontando pra porta. E então fez aquilo, foi muito rápido: pegou a tesoura e se cortou do couro cabeludo até o queixo. Nunca tínhamos visto tanto sangue. A carinha da nossa patroa aberta como carne fatiada em bifes. Vinicio, o motorista, escutou os gritos. Nós a enfiamos no carro e a levamos à clínica. No caminho, telefonamos pro patrão. Ai, coitado do patrão. Esperamos as notícias em casa, com as crianças. A Alicita não perguntou nada sobre a mãe. Nem uma palavra. Dissemos a ela que tinha acontecido um acidente e ela nem olhou pra nós. A dona Ali voltou pior. As ataduras na cara lhe pareciam insuportáveis, queria se ver, tentava tirá-las a todo instante, então puseram ataduras também nas mãos e guardaram os espelhos.

Escutamos das amigas da mãe que os médicos diziam que ainda não era bom que se visse, que primeiro deveria fazer um tratamento, cirurgias plásticas, porque a ferida estava muito feia, muito roxa, que a pele tinha formado um queloide e além disso a cicatriz lhe atravessava toda a cara, da testa ao pescoço, e que era um milagre que ela não tivesse perdido um olho. Escutamos também o lance do acidente. De que foi sem querer. De que estava meio adormecida, que sempre foi sonâmbula, desde pequena. Sonâmbula. Pra gente, ninguém perguntou o que tinha acontecido, porque se alguém tivesse feito isso, teríamos dito que a patroa pegou a tesoura e se cravou na pele e a arrastou pra baixo como se quisesse apagar o rosto e que estava boa e em sã consciência, acordada, e que seu pai tinha acabado de entrar no quarto e que ela estava aterrorizada com aquele senhor e que pedia que afastássemos as meninas daquele senhor e o que ela queria mesmo era cravar a tesoura naquele senhor. Mas todos disseram sonâmbula e a opinião das empregadas não importa, portanto nos empenhamos em dar comida de canudinho pra dona Ali e a arrumar seu travesseiro e a procurar que ficasse cômoda e tranquila, a cuidar das crianças e do patrão, que era como uma alminha penada, a regar as plantas da dona Ali, a dar carinho pra Alicita, cada dia com o coração mais ressecado, a atender o telefone e dizer sim, senhorita, bem, não, agora está dormindo, sim, dona Teresa, hoje está melhor, sim, já almoçou, um purê de cenoura, sim, patrão, não se preocupe, nós estamos aqui, não há de quê, até logo, sim, senhorita, eu digo a ela. Quando vinha a mãe, a dona Teresa, a patroa se virava para a parede e ficava assim, às vezes, a tarde inteira. A mãe trazia as amigas pra não se aborrecer, embora fosse evidente que a patroa não gostava que as pessoas viessem: enfiava a cabeça embaixo do lençol e ficava assim, como amortalhada. Nós não parávamos de fazer café, servir copos d'água, refrigerantes diet, de oferecer bolachas e encomendar sobremesas no café do shopping. As amigas da dona

Teresa, é capaz que acreditassem que faziam bem visitando dona Ali e tagarelando e fofocando sobre todo mundo, mas nós, às vezes, entrávamos e a víamos, imóvel, infeliz, como um animal enjaulado ou, às vezes, com manchas de lágrimas na parte do rosto que não estava coberta pelas ataduras. Quando todas aquelas mulheres iam embora, que alívio, era preciso arejar a casa inteira de laquê e perfume. Nós éramos como girinos tentando respirar, abrindo e fechando a boca. A casa, por fim, se esvaziava de um líquido denso, como se fosse, por assim dizer, um aquário com peixes raros: unhas pintadas e cabelo de cabeleireiro e acessórios dourados. Iam embora. Voltávamos a ser como antes. A dona Ali saía de baixo do lençol e nos pedia alguma sobremesa que havia sobrado. Nós ríamos e comíamos doces e parecia que recuperávamos nossa dona Ali até que ela nos pegava pela mão e nos dizia, morta de medo: você conferiu a fechadura da porta? E a do quarto da Alicita? E nós lhe dizíamos que sim, que claro, e acariciávamos seu cabelo seboso, e ela nos dizia que cuidássemos dela e dormia até que vinha o primeiro pesadelo. Nos pesadelos, queriam tirar a roupa dela. Nos pesadelos, alguém a obrigava a fazer coisas que ela não queria. Nos pesadelos, ela punha travas em todas as portas. Nos pesadelos, havia sempre um adulto com um molho de chaves. Então, um dia, o patrão levou as crianças pra casa da mãe dele porque aconteceu aquele lance da dona Ali com a Alicita. A verdade é que nós continuamos acreditando que ela não ia fazer nada de mau, que queria ajudar sua filha, ensiná-la, mas o patrão chegou e viu na mesma hora ali no banheiro a dona Ali com a filhinha pelada e com aquela coisa plástica que era como um pinto de homem adulto e o patrão ficou doido, gritou com ela e bateu nela, disse-lhe louca de merda, o que você está fazendo, louca de merda, gorda louca, estúpida, suja, vou te meter num manicômio, e ela só chorava. Isso são as empregadas da casa ao lado que disseram que ouviram porque nós não estávamos, era domingo. Assim, o patrão levou as crianças de pijama, de noite, à casa da sua mãe. Aí sim foi que a dona Ali não se recuperou mais. A mãe veio pra ficar e a patroa parou até de falar. Quando estávamos sozinhas, às vezes ela abria os olhos e perguntava pela Alicita. Nós dizíamos que estava bem e ela nos pedia pra vê-la. Então começava a chorar e a mãe nos mandava dar o comprimido pra ela. Um médico amigo da mãe tinha receitado uns comprimidos que a deixavam babando e com os olhos vazios. Nós acreditávamos que era melhor que chorasse porque parecia que a dona Ali tinha muito o que chorar, uma vida inteira, mas a mãe lhe dava as pílulas como se fossem bala. De hora em hora. Nós tínhamos pena de vê-la assim, tão parecida com um monstro. A ferida que lhe atravessava o rosto como um verme arroxeado, a gordura tremenda, a baba, os olhos perdidos, os roupões brancos que a mãe tinha trazido dos Estados Unidos e que, disse, era pra que a vejam sempre limpa. Os dias foram passando. E os meses. Chegou o Natal. Sim. Aí foi pior, no Natal. A dona Ali estava um pouco melhor, se levantou, foi até a cozinha, comeu cereais de café da manhã e nos disse que queria comprar presentes, então pensamos que queria recuperar seus filhos, seu marido. Ficamos muito contentes e a deixamos sozinha um momentinho pra nos trocar e ir ao shopping. Quando voltamos, ela tinha se enfiado no banheiro e se trancado à chave. Escutamos a água cair por muito, muito tempo. Dona Ali? Batemos na porta. Patroa? Fomos pegar as chaves e, ao voltar, ali estava ela, enrolada numa toalha, com o cabelo ensopado, longo e liso, grudado nas costas. Sorriu pra nós. Que foi? O shopping estava uma loucura: cantigas de Natal, gritos de crianças e centenas de pessoas. Ficamos preocupadas, a dona Ali não saía de casa há meses, mas salvo uma pequena claudicação e a gordura imensa, ninguém teria dito que acontecia algo estranho com aquela mulher, que ela viveu o que viveu. É assim, né? As pessoas veem os outros e não sabem o que se passa por trás das portas da sua casa. Então ela olhou pra nós e nos disse que tinha de comprar uns presentes importantes pra umas pessoas importantes e que essas pessoas não podiam ver esses presentes, então tínhamos que nos separar por um momento. Tudo parecia estar indo bem. Ela piscou o olho, sorriu, estava com sua carteira, roupa esportiva, tênis vermelhos. Parecia uma mulher normal, a mesma dona Ali de sempre, que ia ao quinto andar comprar pra nós sabe-se lá o quê. Nós a vimos subir de elevador e estava tocando música natalina e parecia realmente que toda a loucura havia terminando, que ela ia ser mãe dos seus filhos e mulher do seu marido e que aquele era o milagre do menino Jesus porque nós tínhamos rezado tanto e dizem que Deus escuta mais os pobres porque ama mais os pobres, então pra alguma coisa tinha que servir a merda de ser pobre, pra recuperar a dona Ali, pra que seus pesadelos se acabem, e os de todas nós. Nós a vimos aparecer no balcão do café do quinto andar e então soubemos, soubemos na mesma hora, há algo que lhe diz, não há como explicar, que vai acontecer algo horrível. Vários gritos ao mesmo tempo, o barulho de um corpo que se destroça, como se você atirasse um saco de vidro, pedra e carne crua, um lado do crânio da dona Ali triturado, como se tivesse derretido, mais gritos, um grito que sai de dentro de você, um grito que é como uma facada, o grito do coração e dos pulmões e do estômago e a dona Ali ali, como uma boneca grandalhona com as pernas desconjuntadas, uma posição inumana, como se fosse cheia de lã em vez de ossos. Nós ficamos ali, paradas, com a mão na boca, até que vieram os médicos, a polícia, o patrão, a dona Teresa, o seu Ricardo e alguém começou a nos sacudir pra nos levar pra casa e atender a todas as pessoas que logo começaram a chegar loucas pra saber por quê, como, e a dona Teresa, com um lencinho na mão, dizia acidente, terrível acidente, chão molhado, ela estava mancando, você sabe, o joelho, mas insistiu em sair porque era uma mãe maravilhosa, claro, claro, diziam as amigas, e queria comprar presentes pros filhos. Que horror, sim, um acidente, pobrezinha da minha gorda, diziam as amigas. Mas, quando a dona Teresa estava saindo do quarto, alguém lia ao telefone a notícia da *Suicida do shopping* e as outras escutavam, as mãos cheias de anéis cobrindo a boca e os olhos abertos sem piscar. Outra dona disse baixinho que certa vez escutou que acontecia algo estranho nessa casa, que o irmão com a irmã, que o pai com a filha. As outras a mandaram bruscamente ficar calada: não repita essas coisas estúpidas. No enterro, uma moça que trabalha no cemitério entregava rosas brancas pra que as pessoas próximas da dona Ali as depositassem sobre o caixão. Quando passou perto de nós, nos pulou e deu rosas a umas donas muito elegantes com óculos escuros enormes às quais nunca havíamos visto. No dia seguinte ao enterro, o seu Ricardo, o pai da dona Ali, nos deu cem dólares, os dias do mês trabalhados, disse, e antes de irmos embora, a dona Teresa nos revistou as carteiras e as bolsas pra ver se não estávamos roubando algo. Ali onde não nos revistou levávamos o anel de casamento da patroa, seu relógio tão bonito e um colar de pérolas que ela nunca usou. Não nos disse adeus nem obrigada. Atrás dela, a Alicita nos olhava com aqueles olhos azuis tão imensos, tão inteligentes, tão assustados. Os mesmos olhos, iguaizinhos, aos da sua mãe.

CORO

Há um tempo para falar e outro para fazer. Faz muito tempo que essas mulheres renunciaram ao segundo. A fofoca passeia como um fantasma por cada uma de suas moradas interiores. Os tapetes estão fora de moda, portanto no chão de porcelanato se refletem os relógios, os enfeites das bolsas, as manicures francesas, os dentes que, de tanto se mostrar, parecem ameaçadores. Beijos, elogios, beijos, elogios. Uma olhada de cima a baixo para quem engordou, envelheceu, escolheu mal a roupa: costuma ser a mesma pessoa. A casa nova de María del Pilar, Pili, é tudo o que se espera dela: enorme, climatizada, monocromática, cara. Talvez maior, mas igual à das outras. Ainda assim, faz-se o percurso, uma balbúrdia de bajulação, pelos quartos que cheiram a coisa artificial, novinha em folha. A roupa de cama de percal branco com uma listrinha cinza, comprada toda nos Estados Unidos, o *walking closet* de revista de decoração, o encanto de que o banheiro, gigantesco, tenha dois espelhos, duas pias, duas privadas, duas banheiras.

— E você já a benzeu?

María del Pilar, Pili, não acha graça nenhuma na pergunta: ela pensa que agora é o momento de efervescer em elogios, é o seu momento, então se volta para Verónica e lhe diz muito lentamente que não, que ainda não, e o sorriso fica plastificado em sua boca, como se lhe tivessem desenhado um sorriso por cima da cara fechada. Verónica diz que uma casa sem bênção é como um bebê sem batismo, que é mais vulnerável ao mau-olhado. Ela se dá conta de que a olham com desprezo e volta atrás: eu não acredito nessas coisas, vocês sabem, mas é isso o que dizem por aí. Pronuncia as palavras com um falso sotaque vulgar que faz o "isso" soar como "isho" e o "dizem", "dichem". Todos riem, fazem piada, imitam Verónica imitando o sotaque vulgar: então, de acordo com Verónica, você tem que pôr um saquinho de babosa preso com fita vermelha sobre a porta. E uma ferradura. Sim, e um espelho chinês ao lado para que os espíritos maus sejam refletidos. E queime pau santo para fazer defumação — defumachão. E varra tudo para fora. E elefantes. E velas brancas. E cuspa aguardente. E ponha um buda com uma pequena fonte de água. E um altar com velas na entrada. E acenda incensos — inchenchos. E amarre uma fita vermelha com uma pedra no pulso, que Verónica vai dar uma olhada, você não vê que ela é meio bruxa? É bruxa e meia.

Verônica também ri. As coisas não mudaram desde o colégio: a que é mais morena, de origem estrangeira ou mais duvidosa, filha de pais divorciados, que tem de dividir o quarto com a irmã; a que é definitivamente distinta, tem de ganhar o direito a uma cadeira. Tem algo de bufão, de capanga, de carniceiro. É fundamental que as faça rir com as coisas do populacho e que nesse populacho esteja incluída ela mesma: que seja um pouco menos aristocrática, que esteja disposta a fazer favores, inclusive uma ou outra tarefa doméstica quando não há empregadas suficientes e que, importantíssimo, esquarteje em primeiro lugar a vítima escolhida. Sim, que seja ela que diga o nome e o sobrenome, como, onde e com quem. Ou seja, molhar a cara e as mãos no líquido sanguinolento e deixar sem pele e eviscerado o animal, o conhecido, a amiga que não está presente, para que as outras espetem com garfos, o mindinho em riste, a boa fofoca crua.

Essa ansiedade tão disfarçada de desdém é um pouco teatral, mas elas não percebem. Falam, desatam goelas que limpam com guardanapos de linho, a respeito daquela que foi infiel, de uma criança fora do casamento, de um gay no armário, da que ostenta uma cirurgia plástica, de um marido falido, daquela que engordou demais, e não param até que a pessoa fica exangue, vazia, pura carcaça, no chão de porcelanato. Então lançam-na à pilha de cadáveres que há em todas essas salas climatizadas. E passam à pessoa seguinte. Isso se chama cafezinho, inauguração da casa, aniversário, dia de piscina, velório. Isso se chama reunião.

Elas não se veem a si mesmas, mas se pudessem, se realmente existisse a possibilidade de desdobramento e pudessem se ver, sentadas nesses sofás tão brancos, cercadas de tanto luxo, devorando a mulher que cumprimentam tão carinhosamente no supermercado, o melhor amigo do marido, o coleguinha do colégio dos filhos que não se comporta como um homenzinho, cortariam a própria língua (teriam de fazê-lo) e depois a colocariam para secar como o cacau e a pendurariam no pescoço: um pingente, uma lembrança da própria podridão. Mas as coisas continuam iguais. As pessoas não são capazes de ver a si mesmas e esse é o princípio de todos os horrores.

Verónica sempre foi aceita com ressalvas no grupo, a que usava mangas compridas para esconder os braços muito peludos, mais morenos, a que nas férias ia para a casa dos avós e não a um internato a dez mil quilômetros de distância para aprender francês, a que às vezes repetia o vestido e todas a viam nas fotos com o mesmo traje em duas ou três festas e não diziam nada, mas sabiam que alguém que repete a roupa tem uma função no grupo: esforçar-se para diverti-las. Agora, a noite está complicada porque desde o suicídio da gordinha no shopping já se passaram alguns meses e não há novidades, falou-se até na extenuação física da gravidez da ex-colega de colégio e da paternidade da cria e de que faz anos que eram amantes e de que pobre esposa, mas também que tapada, se todo mundo sabia... assim, depois de uma recapitulação geral, todas começam a ficar nervosas e a olhar para o teto porque não falar dos demais significa ter de falar de si mesmas, e depois de mostrar toda a casa, até o jardim e a área da piscina, de elogiar a pele, o cabelo, as sandálias, os colares lindos feitos por uma sobrinha, as tortinhas de salmão defumado, não resta muito a dizer do que é permitido dizer.

Alguém tem de quebrar o silêncio, aquele silêncio que dura talvez um par de segundos, mas que engasga como um oceano enfiado à força na garganta. Algo de que não se deveria falar — e todas escondem algo — poderia escapar. Além do mais, o silêncio não é bom porque dá margem para pensar que estar juntas, uma tarde de amigas, consiste em trinchar e esquartejar outras pessoas, em empalá-la diante de seus olhos para observar suas imundícies e que o próprio gesto, o de procurar a vítima seguinte, está se repetindo atrás de dezenas de portas gigantescas, duplas, de imbuia ou metalizadas. São exatamente iguais. Há outras mulheres com seu nome na boca.

Natividad Corozo, Coro, como a batizou sabe-se lá que patroa há quem sabe quanto tempo porque não gostava do nome Natividad e porque, caralho, ela é minha, posso dar o nome que eu quiser, entra na sala com a discrição de uma lagartixa, incompatível para uma mulher de seu porte, de sua estrutura. Uma incongruência da natureza só explicável por anos e anos de trabalho doméstico que vão, como os sapatos que atrofiavam e acabavam com os pés das meninas chinesas, criando deformidades tão estranhas a ponto de fazer com que uma mulher tão mulher como Natividad Corozo se torne invisível. Ela se aproxima de María del Pilar e lhe diz algo no ouvido. Pili dá uma bufada de impaciência e lhe pede que traga sua carteira. Depois se desculpa com as amigas: que meu marido não lhe deixou dinheiro, claro, saiu tão rápido, ele, pensando em outra coisa, ele, e Coro já tem que ir embora e não sei quê. Desculpem, meninas, coisa de empregadas. Coro volta. Uma efígie africana vestida com um uniforme branco, de pano grosseiro e mal cortado, que toda hora abre no peito e que parece arrebentar nos quadris e nas nádegas, enquanto na cintura faz pregas por todos os lados. A única coisa que nenhuma patroa conseguiu lhe tirar em mais de trinta anos de serviço doméstico é o turbante vermelho da cabeça. A ameaça é emitida mascarada por um "é para o seu bem": ai, patroa, é que meu cabelo cai e, às vezes, quando estou cozinhando, se não estou com o turbante, esses meus cabelos tão escuros vão parar na panela. É claro que o cabelo de Coro não cai.

María del Pilar não tem trocado e todas procuram nas carteiras para trocar suas notas. Mas no fim ninguém tem, todas têm as mesmas notas, graúdas, e isso lhes parece engraçadíssimo, de uma hilaridade tremenda, e Coro vai para casa, para passar o único final de semana livre do mês, com a metade do salário, e tudo bem e obrigada, patroa.

Quando Coro sai, todas falam dela, se não é estranho ter uma mulher tão, como dizer, preta trabalhando em casa, se ela não cheira diferente porque eles têm um cheiro diferente e que simpática com seu turbante que parece a Tia Jemima, a negrinha da marca de xarope para panquecas, e que moderna a María del Pilar deixando a empregada usar acessórios, mas que lhe cai bem, é exótico, e quanto você paga a ela e que barbaridade, eu pago mais pra minha, ah, tá vendo minha cara de boba, não é possível, e agora dizem que a gente tem que registrá-las e pagar férias, seguro-desemprego, tudo isso e eu, não é que diga que não porque são seres humanos, mas como, então, como a gente paga? É muita coisa. Sim. Muito. Daqui a pouco vão exigir que a gente faça massagem nos pés delas. E pausa pro café. Não, não é possível. O quê?? Vamos trabalhar pra pagar a empregada? Não é justo, se a pessoa tem empregada é porque precisa dela e eu trato a minha muito bem, dou roupa pra ela, roupa pros filhos, comida, quarto, seus produtos de higiene, ou seja, tudo, e pra mim quem dá isso? Ninguém. Pra mim ninguém dá nada de graça e eu, pelo contrário, dou, dou e dou. Sim, é verdade, além disso a gente tem uma pra cada coisa, não é que deixamos todo o trabalho só pra uma, a gente é humana, eu tenho uma que vem passar roupa e outra que cuida das crianças. Essas mulheres estão é muito mimadas, olhe pra sua, até seu lindo uniforme você é que dá, mas como ela é tão gorda acaba com todos.

A luz automática do pátio se acende enquanto alguém conta outra vez a história de que não sei quem encontrou uma de suas empregadas fazendo a sesta e lhe jogou um copo d'água na cara e a menina nem acordou de todo, virou para o outro lado e pediu cinco minutos mais. Que encheção, a luz automática é tão sensível, acende por qualquer coisa, e como nessa terra há tanto bicho, tanto animal, dispara a todo instante, não se pode nem dormir. Todas nós temos esse problema que é terrível. A luz se apaga e de repente acende de novo. Acontece sete vezes, vamos ter que sair pra ver. Saem todas morrendo de rir por causa dos coquetéis e da aventura: sair ao jardim para ver o que está fazendo a luz automática disparar. María del Pilar agarra a peneira da piscina e a empunha como uma lança. Tudo é engraçadíssimo: as sandálias de plataforma, o conjunto de linho claro, a mão com os anéis, a peneira como arma. Alguém tira fotos. Com movimentos abruptos, um rabo estranho, que termina em ponta, se esconde na grama. É um rato. É uma cobra. É uma iguana. Rato. Iguana. Cobra. María del Pilar, disposta a degolar com a peneira qualquer ser vivo, mexe nas plantas para que o bicho saia, mas sem sucesso. Que chato. De repente, algo se mexe. Caçadoras, vamos. Uma fila de mulheres que, vistas muito lá de cima, pareceriam uma procissão de formigas ruivas. A coisa se enfiou no quarto da empregada. Elas entram.

A primeira coisa que sentem é o cheiro. Ali cheira a moedas muito gastas, a mofo, a curtume de couros velhos, um tanto acres, guardados úmidos num armário dos trópicos. O quarto é o armário. Não há janelas e ele é do tamanho de um ônibus. A privada fica tão perto da cama, separada por uma cortina plástica de corações, que alguém cagando e alguém dormindo poderiam estar de mãos dadas. Um calendário com uma foto de pintinhos na parede esquerda e na da direita um espelho sem moldura, no teto uma lâmpada sem lustre. Elas não achavam que o tour chegasse até aqui, mas a excitação as infantiliza, e, sem dizer nada, decidem ser o que não costumam ser: outras. Abrem gavetas, põem a roupa de Coro, de Natividad Corozo, por cima das suas, uma delas enfia um travesseiro dentro da calça e dança mexendo suas novas nádegas, outra pega uma camiseta vermelha e a ajeita como turbante na cabeça, tiram fotos imitando Coro. Esta esfrega os lábios, a dali finge que varre, a outra limpa o espelho, a das nádegas postiças imita uma negra, ou o que ela acredita que é imitar uma negra, exigindo o salário completo com as mãos nos quadris porque no final de semana vai sair para se acabar de dançar e comer. Que engraçado tudo isso.

Dentre as coisas que elas mexem, cai no chão um inseto peludo, grande, parecido com uma tarântula. Saem todas gritando, empurrando-se, garotas bêbadas correndo assustadas e também sorridentes. Jogam os vestidos de Coro, de Natividad Corozo, no chão, na piscina, e também, por que não, jogam Verónica que permaneceu do lado de fora do quarto, de braços cruzados, por não querer participar daquilo ou para vigiar a entrada. Os risos se transformam em uivos primitivos. Verónica sai à superfície para tomar ar e uma delas volta a afundar sua cabeça. Não é afogá-la, é só divertimento. A luz automática, com seu piloto de luzinhas vermelhas, como dois olhos, acende e apaga sem parar. As palmeiras projetam sombras que se movem: monstros nadando na piscina. No clube, uma melodia soa distante, há uma festa e é hora dos ritmos tropicais. Tudo parece fazer parte dos excessos. No fundo da piscina, Verónica vê o mesmo rabo de antes, o rabo preto pontudo, se enfiar pelo filtro. Cada vez que tenta sair à tona para tomar ar, alguém afunda sua cabeça.

María del Pilar, com a peneira, volta a entrar no quarto da empregada e começa a massacrar selvagemente o bicho que está no chão. A lâmpada, na qual deu um golpe, balança da direita para a esquerda e da esquerda para a direita. Talvez já estivesse, mas com certeza depois de trinta pauladas está morto. Enquanto mata o animal, pensa que é a primeira vez que faz isso, matar, que sempre era seu pai que se encarregava de coisas assim, ou sua empregada, ou seu marido. Mas o pai está morto, a empregada foi para casa e o marido está sabe--se lá onde e sabe-se lá com quem. Mas, seja como for, não necessita de nada para matar, apenas de uma enorme vontade de fazê-lo. Cenas do marido sentado, de pernas abertas, com uma mulher chupando seu pau, o som, o barulho desesperado da felação, se mesclam com o cheiro de pó, cera quente e cítrico podre, com a visão dos pintinhos do calendário, com seu próprio rosto, vermelho, selvagem, desfigurado pela ira, no espelho sem moldura.

Lá fora as amigas brincam. Verónica tenta nadar, mas a encurralam, são muitas, em todos os cantos da piscina. Vamos, é sua, cuidado, não a deixe escapar. A luz automática, muito potente, como de interrogatório, vai e volta, vai e volta, fazendo um ruído metálico, e entre isso e o barulho mal se escuta o gemido de Verónica que parece dizer chega, amigas, é sério.

María del Pilar destruiu a lâmpada com a paulada da peneira, e usa o celular para iluminar a aranha morta. Dá um grito justo no momento em que alguma delas volta a enfiar a cabeça de Verónica na água. Todas correm e encontram María del Pilar horrorizada, olhando para uma coisa que tem nas mãos: é uma boneca feita com cabelo loiro, seu cabelo loiro, atada com fitas vermelhas nas quais está escrito seu nome. Elas a obrigam a jogá-la na privada e dar a descarga. Elas a abraçam, consolam--na, dizem bruxaria, mentira, não acredite nisso, você parece uma tonta, tudo isso é história de empregadas. E María del Pilar está aos prantos porque olhou para sua boneca e sua boneca lhe devolveu o olhar.

Que besteira, Pili.

Saem todas. Vão voltar para dentro da casa, vão tomar outro coquetel e vão rir disso tudo.

A luz é ativada como uma guilhotina. Na superfície da água, com as pernas e os braços abertos, o corpo de Verónica flutua à deriva.

CLORO

Grilos, folhas secas, sapos, papéis, bolsas, embalagens, bitucas, baratas d'água, cocô de garças, morcegos, flores, mais folhas secas. Às vezes, uma iguana morta, flutuando de barriga para cima como um crucificado. Pescam. Eles pescam. De quando em quando, levantam a cabeça e veem uma embarcação em que pescadores de verdade movimentam água de verdade — água pura, livre, sem domesticar — para pegar peixes, não porcarias. Esse pensamento não passa pela cabeça deles. O rio contém tudo: é marrom acinzentado, está muito sujo. A piscina, ao contrário, é uma pele de arminho no meio de um lodaçal. Inútil. Penosamente impecável. Mal acabam de tirar o último inseto morto e já há uma folha seca. Suja. Nunca deixa de estar suja. Todos os dias é preciso jogar cloro. Cloro que é trazido dos Estados Unidos e que desinfeta a água melhor que o nacional. Três copos de cloro. O copo até a borda. Repetiram isso vinte vezes e puseram três cartazes no quarto de limpeza.

Para a piscina: três copos de cloro "até a borda".

Alguém, debaixo da palavra borda, desenhou um pinto. Nos três cartazes. Neste trabalho não se pode pensar. Pensar seria atrair a loucura. Deve-se trabalhar sem parar, embora não se possa limpar essa piscina de águas turquesa porque nunca, jamais, nunca estarão imaculadas. Você se vira e num segundo já há um grilo, uma flor, uma bituca, um papel, uma abelha. Às vezes um passarinho morto, desses amarelos que sempre voam em dupla, com as asas abertas e o outro passarinho à margem: a natureza incompleta.

São três homens que limpam a área da piscina. Usam uniformes brancos que suas mulheres lavam à mão, com cloro nacional, e que ficam cinzentos, encardem, por mais que elas os esfreguem até que os nós das mãos esfolem, por mais que os ponham ao sol para branqueá-los. Então recebem uniformes novos, ofuscantes, que são descontados aos poucos do salário. A piscina sempre tem de estar como um espelho, embora durante todo esse tempo nunca se viu ninguém nadando ali. Das janelas do hotel, os turistas veem o rio e a piscina, o pequeno olho azul ao qual os três homens dedicam horas e horas de sua vida. Em vão.

Grilos, folhas secas, papéis de bala.

As férias nesses países têm disso, os contrastes. Você pode tomar, no café da manhã, sucos de frutas de maracujá, que também se chama fruta da paixão, numa mesa com toalha de linho farfalhante, refletindo um branco absoluto, no terraço de uma suíte clara com uma cama enorme e edredons de algodão nuvem e olhar, lânguida, para o rio, esse trem que nunca termina. Esses países são sujos, você sabe, você observa a caminho do hotel: nos ônibus enlameados, no rosto da menininha que pede dinheiro e cujo olhar você não pode evitar apesar dos óculos, na roupa suja, quase marrom, das pessoas que esperam para atravessar num semáforo, na água podre acumulada nos buracos, nas calçadas. Mas aqui e agora, quem diria. O roupão com o logotipo dourado do hotel parece a pele, espessa e nívea, recém-enxaguada num manancial gelado, de um urso polar, e ali dentro desse abraço você pode viver a fantasia de que está tudo bem. É impossível pensar no fim do mundo quando você está nesse banheiro tão imaculado, em que as toalhas, neve quentinha, são pelúcias perfumadas com eucalipto, onde a banheira parece nunca ter sido usada e o espelho só reflete superfícies belas, imaculadas, deslumbrantes. As pílulas se tornam até desnecessárias porque tudo está em seu lugar, cheira a limpeza, é agradável, e o pé afunda até sumir de vista em tapetes felpudos como filhotinhos, de um tecido tão macio que dá vontade até de chorar. A mala, nem pensar em abri-la, seria trazer para dentro a sujeira de fora, sua roupa íntima, suas calças de pijama, seus livros, sua nécessaire de plástico com um desodorante pela metade, corretivo para olheiras, protetor solar, vários cremes antirrugas, manteiga de cacau, vibrador: nada disso tem lugar aqui. Até o carregador do celular, como uma larga tripa negra, seria inadequado nessa parede tão pulcra. Não. Esse é o novo mundo, a anistia.

Você se olha ao espelho por um segundo e cobre o reflexo de seu rosto com a mão. Não devia ter dado ouvidos ao lance do bronzeado artificial. Sente-se manchada, indigna do mundo que a rodeia. Recorda que sua pele era da cor da madrepérola, um rosto talhado em alabastro puro, e agora é um papelão cor de cenoura. A sensação de estar passando ridículo é tão imensa que lhe dá náuseas. Como se pode sobreviver sem o esplendor? Assim se sente a solidão: a beleza era uma companhia. E sua capa de invulnerabilidade e a garantia das carícias. Não havia nada que resistisse a ela. Isto é ser bela: que ninguém lhe diga não.

No terraço, põe um guardanapo farfalhante, engomado, sobre seu regaço, o roupão se abre um pouco, assomam suas coxas, suas pernas bronzeadas artificialmente, frouxas como medusas, as pequenas veias verdes que há tempos lhe desenham rodovias, odiosas estradas, da virilha até os pés. Nada a assemelha às mulheres das revistas, do cinema, tão imaculadas, iridescentes mulheres de nácar. Ela continua sendo uma mulher? As frutas em formato de estrela sobre um prato resplandecem sob o toldo branco, também os feixes platinados da chaleira. São mórbidos a redondeza do pão com gergelim, o leite que cai em serpentinas sobre o chá, a manteiga cortada em lascas, os morangos gordos, túrgidos, vermelho-sangue. Abre completamente o roupão e deixa que o sol a banhe como uma mangueira. Já é tarde para todos os demais tatos. O homem que trouxe o café da manhã sorria muito, sorria. Homem moreno vestido como soldadinho de teatro infantil. Homem moreno fazendo uma pequena mesura. Mas a chamou de *madame* da forma com que se chama *madame* às avós e em seus olhos ela não viu nem uma réstia de desejo até que mostrou a nota. Ela já é invisível até para esses homens, a última esperança de sua beleza vital: a mulher estrangeira, insólita como a neve, objeto precioso do desejo do outro. Ou seja, o que foi até ela não sabe exatamente quando, mas que já não é e nem, é claro, voltará a ser. Ela se lembra de um amante de pele chocolate em algum desses países, recorda seu cu preto, as costas de madeira escura, a cabeça com cachos infantis, sobre a cama branquíssima de outro hotel como este. Ela se lembra do feliz abandono de tocar a superfície de um homem como se toca a camurça. Lembra-se, também, da bestialidade de uma metida de quatro, o beijo dos lábios grossos, a língua com gosto de Coca-Cola. Abre um pouco as pernas, se toca, está seca por dentro e por fora. Um lírio flutua abandonado numa floreira sem água, com as pétalas retorcidas e o pistilo cinzento, os estames já sem pólen. Observa a bandeja tão simétrica, os botões de rosa frescos que lhe trouxeram num vaso prateado, comprido como um tubo, os pires brancos com manteiga e geleia, a delicada porcelana para o chá. Ela olha para tudo procurando umidades, enfia o dedo médio na manteiga e quando já está na altura do umbigo se arrepende. Pensa em chupá-lo, mas o limpa com o guardanapo de linho, que num segundo deixa de estar imaculado. Sente nojo ao ver o guardanapo engordurado, é impossível pensar em outra coisa que não o guardanapo sujo, violentado. Ela o atira pela sacada e o observa planar até que cai na piscina. Fantasia o nunca permitido: que um menino, um menino ou uma menina, em seus braços, abraçado ao seu pescoço, aponte o guardanapo caindo e diga olhe mamãe, uma gaivota, uma gaivota. Fantasia o nunca permitido: que o homem de chocolate venha com uma xícara nas mãos, faça-lhe uma pequena massagem na nuca e olhe com ela o rio enquanto bebe seu primeiro café.

    Quando você está aqui, numa suíte branca dessas, deveria se lembrar de não fantasiar com o que nunca foi nem olhar trinta andares abaixo, para a origem do mundo, para esses três infelizes que limpam uma piscina que jamais ficará limpa em vez de subir no elevador panorâmico para amá-la desesperadamente, pela última vez, comendo sua pele de mulher ainda viva aos pedaços. Ela se entregaria com gosto ao canibalismo desses três homens que agora, com certeza, olham para ela com uma cobiça assexuada, com a única lascívia daquilo que há em sua carteira. Ela lhes daria tudo em troca de um abraço. Deveria ser proibido olhar para coisas que remetam a essa sensação. A isto. À inutilidade de certos gestos e de certas vidas. Três homens limpando uma piscina para os outros todo dia, toda hora, deve haver sujeira, merda, dejetos, iguanas esticadas como crucificadas. Uma mulher estrangeira deixa uma xícara de porcelana sobre um pires, seu roupão que plana como um morcego branco, o rio ao fundo, um trem que sobreviverá a todos. E lá embaixo três homens que se encarregarão, como todo dia, de deixar a piscina outra vez imaculada.

OUTRA

Como é dia 15, a fila se estende até chegar quase ao setor dos legumes. Você anda um pouco procurando alguma fila mais vazia, mas muitas pessoas buscam o mesmo e não há nada a fazer: você tem de esperar.

Há tanta gente no supermercado que as revistas para folhear acabaram, e só lhe resta olhar para o teto, olhar para as unhas, olhar para o que os outros estão comprando, dizer a si mesma: "Para um país que está na merda, bem que há muita gente que pode comprar três variedades de sucrilhos". E no fim, morta de tédio e de vontade de matar a louca que comprou toneladas de papel higiênico, olha seu próprio carrinho, para ver se esqueceu de pegar alguma coisa. É um exercício ridículo porque é claro que falta alguma coisa, que pena: você sai dali e perde o lugar. Nunca foi capaz de fazer isto que os outros fazem: parar a fila porque esqueceu alguma coisa, leite ou amaciante.

A primeira coisa que você vê são as sardinhas. Latinhas vermelhas estampadas com pescados azul-prateados que parecem muito alegres, mas com certeza não estão. "Estou levando o bastante?", você se pergunta. Ele gosta de comer sardinhas com mandioca e cebola pelo menos uma vez por semana. "O que ele vê nas sardinhas?", diz você ao mesmo tempo que dá pequenos passos, olha para todos os lados e abre devagarinho um pacote de batatas fritas. Essa subversão, comer coisas no supermercado antes de pagá-las, é uma das únicas que você se permite.

É a única que você se permite.

"O que ele vê nas malditas sardinhas?", pensa você. "São prateadas como papel-alumínio e têm pequenos espinhos que raspam a garganta. Têm gosto de barro salgado."

As crianças também não suportam, mas ele adora, ele as exige, e você sempre leva quatro latas por mês, embora ele seja o único que vá comê-las, embora nesse dia você tenha de cozinhar uma coisa diferente para os outros membros da família. Ao lado das sardinhas assomam as alcachofras, como granadas de mão. "Por que ele gosta dessas infâmias? São caríssimas, complicadas de comer e não têm nem sabor." Para ele, você tem de fazê-las no vapor e servi-las acompanhadas de um molho de queijo, tabasco e mostarda e, depois que ele termina de mordiscar as pontinhas das folhas — "como um afrescalhado", você pensa —, você tem que retirar o prato, eliminar a parte peluda — "buceta de gringa, eca" — e levar para ele outra vez à mesa o coração picadinho cheio de molho.

Ele come os corações com a mão.

Você fica olhando para as cervejas. Ele é capaz de bater nas crianças se, ao chegar do trabalho, não encontrar uma lata junto ao copo congelado. Tudo do jeito dele. Por mais que você tente, não consegue fazer com que as crianças percam a obsessão que têm por esse copo filho da puta: são fascinadas pela água dentro dele e os peixinhos coloridos flutuando nesse espaço. Um dia ele encontrou Junior agitando-o para que os peixes se mexessem enquanto ele bebia. Ele deu tamanho tapa no menino que o suco de laranja voou pela casa inteira. Que aquilo não era brinquedo. Que era o *seu* copo de cerveja e que da próxima vez que o visse com ele, ia queimar seus dedos com fósforos.

— Assim — pegou um papel e o aproximou da chama de um isqueiro —, é assim que eu vou queimar sua mão se você pegar meu copo de novo.

O copo, é preciso lavá-lo e voltar a guardá-lo no congelador até que ele abre a porta às cinco e quarenta e cinco. Aquela hora, e não antes. Aquela hora, e não depois. Deve-se tirá-lo, abrir a cerveja e servi-la inclinando o copo e a lata, de maneira que não forme muita espuma. Nem muito pouca. É capaz que ele a chame de cretina, retardada, maldita se não fizer as coisas direito.

— Cretina, estragou minha cerveja. Eu sei que você faz isso de propósito, porque a única coisa que você gosta de fazer é foder minha vida.

Também há *os seus* iogurtes. São iogurtes de baunilha com geleia de frutas no fundo. Ele os pega e enfia no congelador de *sua* geladeira. Todas as noites ele come um deles enquanto vê televisão deitado em *sua* poltrona reclinável. Ele os conta, os iogurtes, ele os conta, e então quando as crianças, que são gulosas, comem algum potinho, você tem de lhe dizer que foi você e aguentar a ladainha até que ele se canse, sem levantar os olhos, porque ai de você se levantar os olhos.

— Você está me desafiando, é? Está me desafiando, sua merda?

Às vezes ele manda você ir ao mercado, seja a hora que for. Mesmo que esteja chovendo. É o seu castigo: você pegou o que não é seu. Pior: você pegou o que é dele.

Você continua olhando o carrinho. Não pegou a caixa de cereais que as crianças pediram e fica com dó. Se a levasse, o dinheiro não ia dar para a carne, ele gosta do bife fino, sem uma pelezinha, sem uma gordura. O bife fino é caro e ele não solta um centavo a mais durante o mês inteiro. Você pegou três pacotinhos de cereais nacionais, um para cada um, e uma marca de absorventes das piores, dos ásperos, desses que se desmancham rápido e as calcinhas ficam cheias de bolinhas de algodão.

Mas você pegou as tripas e o amendoim para fazer *guata* para ele, o Coffee-Mate que ele leva para o escritório, os Kleenex de seu carro, sua revista *Estadio*, as favas fritas para ver o jogo de futebol, o maracujá para fazer seu suco. Maracujá: essa coisa pegajosa que você não entende como alguém pode gostar.

Você voltou a comprar o xampu que está na oferta, um daqueles que é como tomar banho com detergente. O que é bom para o seu cabelo é o outro, aquele que você nunca compra.

Enquanto você está nesse devaneio, a fila anda: a mulher que está à sua frente retira as últimas coisas do carrinho. Ela está levando o xampu para cabelos tingidos que você todos os meses jura que vai comprar. Não pegou sardinhas. Não pegou alcachofras.

Ela olha para você, sorri e põe na esteira a barrinha, essa pequena fronteira metálica que separará as compras dela das suas. O xampu dela do seu. As escolhas dela das suas.

Alguém vem e devolve um carrinho vazio. Você o põe ao lado do seu, que está cheio. Começa a passar para esse outro carrinho as sardinhas, as cervejas, as tripas, as favas, as alcachofras filhas da puta, os iogurtes de merda, o maldito Coffee-Mate, o maracujá melequento e a revista *Estadio* com todos os putos jogadores do Barcelona e do Emelec, cada um pior que o outro.

— A senhora não vai levar isso? — pergunta a caixa apontando para o segundo carrinho.

Você olha para ela.

— Senhora, e essas coisas, não vai levar? — insiste a caixa, apontando com o queixo para o carrinho onde brilham as latas de sardinha.

Você nega com a cabeça.

A menina chama um rapaz para que devolva tudo às prateleiras. Você olha para ele com o rabo do olho. Ele olha para você. Você lhe diz, com o queixo, que vá. E, sorrindo, diz uma frase para si mesma que ninguém mais consegue escutar.

Este livro foi composto em tipologia Lora, no papel pólen natural enquanto Ella Fitzgerald cantava *Let's Call The Whole Thing Off* para a Editora Moinhos.

*

2021 nascia sob os auspícios que seria um ano bom.

*

Reimpresso em janeiro de 2025.